KB253153

범우문고 103

모범경작생

박영준 지음

범우사

차 례

□ 박영준(朴榮濬)론

순후한 소처럼 묵묵히 쓰는 작가

구창환(문학평론가)

작가 박영준 선생이 40여 년에 걸쳐서 소처럼 꾸준한 창작활동을 하다가 정년 65세로 우리와 유명을 달리했다. 그는 만우晚牛라는 그의 아호가 가리키듯이 순후한 소처럼 묵묵히 쓰면서 평생을 문학에 바쳐왔으며 특히 문단적인 시류에 편승하기를 거부하고 꾸준히 창작에만 심두하여 온 작가로서 알려져 있다. 김동리 선생의 조사弔辭에 의하면 그는 "과묵하고 겸손한 위인이었기에 자기 생활이나 문학에 대해서 스스로 해명하고, 나아가 주장하는 일이 거의 없었다" 할 만큼 그는 비교적 다작하면서도 독자에게 영합하거나 대단한 자기 주장을 하는 일이 없이 차라리 외로운 작품활동을 해왔다고 하겠다. 대중의 인기와는 인연이 먼 자리에서 고독한 창작생활에 일관해 온 만우의 인간과 문학에 대한 올바른 평가는 이제부터 본

8

격화되어야 할 것이다.

박영준은 1911년 평남 강서군에서 박석훈 목사의 차남으로 출생하였고, 평양 광성고보를 거쳐 연희전문 문과를 졸업했다. 고향에서 독서회 사건 때문에 일경에게 체포되어 5개월간 구류처분을 받은 일도 있고, 간도 용정촌의 동광중학 교사로 근무했으며, 만주에서 해방을 맞이하여 귀국했다. 경향신문 문화부, 고려문화사 편집국장을 거쳤고, 6·25전쟁 때에는 인민군에게 납치되어 북송 도중 개천价川에서 탈출하였으며, 종군 작가단의 일원으로 활동하기도 했다.

그 뒤 박영준은 연대 강사, 한양대 부교수를 거쳐 62년 이래 연세대 교수로 근속했으며 1958년부터 예술원 회원이 되어 수고했다. 한편 박영준은 〈모범경작생模範耕作生〉이 1934년 《조선일보》 신춘문예에 당선되어 문단에 데뷔했으며, 1954년에는 〈그늘진 꽃밭〉으로 아세아자유문학상을 받았고 이어서 예술원상과 서울특별시문화상을 수상했다.

그동안 그는 많은 작품을 써왔는데, 단편집으로는 《목화木花씨 뿌릴 때》《풍설風雪》《그늘진 꽃밭》《방관자傍觀者》《고호古壺》《추정秋情》 등을 간행하였고, 장편으로는 《열풍熱風》《애정愛情의 준곡準谷》《청춘병실靑春病室》《종각鍾閣》《오늘의 신화神話》《태풍지대颱風地帶》《가족家族》《고속도로高速道路》 등 많은 작품을 발표하였다.

　　그러면 박영준의 문학세계는 어떠한 특질을 보이고 있는가. 흔히 그의 문학은 해방 전의 농촌소설 계열과 50년대 이래의 도시적인 소시민 윤리의 묘파描破라는 두 가지 면으로 보게 된다. 그러나 이것은 농촌을 작품의 소재로 했느냐, 도시생활을 소재로 했느냐 하는 문제라 할 수 있고 그의 문학적 특질은 휴머니즘과 연결되는 윤리의 추구에 있다고 본다. 즉 그의 많은 작품은 여러 가지의 인간 상황을 펼쳐보이면서 근원적인 윤리의식을 추구하는 데에 특색이 있다.

　　그렇다고 해서 반드시 그를 새로운 모랄을 창조하고 이를 주창하는 작가였다고 말할 수 있느냐 하면 그렇지는 않다. 그는 일상적인 기존 도덕에 토대를 두고 인간의 비윤리적인 행위를 비판한다. 그는 작품을 통해서 인간적인 성실성을 강조하고 정직의 모랄과 선량한 인간성을 높인다. 따라서 그의 작품은 여러 가지 소재의 차이에도 불구하고 항상 현실상황 속에서 일어나는 모랄의 문제를 추구하고 있다.

　　물론 이러한 문제는 보기에 따라서 진부할 수도 있고 매력이 없다고 할 수도 있다. 그러나 오늘날 많은 소설이 흥미 중심의 속화俗化 현상을 걷고 있으며 탈윤리적인 감각문학으로 바뀌고 있어 문학의 가치를 흐리게 하는 것을 생각하면 그의 모랄문학이 결코 낡은 것만은 아니라고 하겠다.

　그는 항상 조용한 톤으로 현실 사회를 그려가고 소시민의 애환을 통하여 건전한 윤리의식을 추구한다. 여기에는 인간 성격의 갈등도 있고 세대간의 격차와 의식의 차이라든지, 도시인의 고독과 소외, 선악의 싸움, 윤리적 타락, 죄의식 또는 구원 문제 등이 나타난다. 그러나 좀더 솔직한 표현을 쓰자면 박영준의 모랄 추구는 불안정하고 비틀거리는 현실사회의 그것을 폭로하는 데 치우쳤다고 할 수 있다.

　그리고 또 한 가지 지적할 일은 그의 문학에는 적지 않은 흠이 섞여 있다는 점이다. 예컨대 주제의식이 약하고 소재주의에 빠졌으며, 플롯의 전개에도 더러 비약과 억지가 끼어 있고 문장도 매끈하지를 못하고 개성미가 약하다. 물론 이러한 것은 한국소설 상당수에 적용될 수 있는 미흡점이지만 그렇다고 이 말이 그의 약점을 커버할 수는 없다고 본다.

　이제 그의 작품 몇 개에 대해서 간단히 살펴보고자 한다. 먼저 그의 데뷔 작품인 〈모범경작생〉과 〈목화씨 뿌릴 때〉 등 초기의 농촌소설을 보면 가난하고 어려운 농민들의 애환을 잘 그리고 있다. 두 작품이 모두 농민들의 심리적 갈등을 그린 것인데, 현실 상황이 인간의 마음을 어떻게 바뀌게 하는지를 비교적 잘 그렸다. 전자는 모범농군으로 뽑혀서 서울구경을 다녀오고 또 일본 사찰까지 가게 되는 한 주인공과 마을 농민들과의 심리적 갈등을 그렸고, 후자는 농민의 집을 헐어버리고 목화씨를 뿌리는 지주의 비인간성을 폭로한다.

흔히 농촌소설이라 하면 서정미에 넘치는 농촌의 토속성과 인정의 세계를 그리는 것으로 되어 있는데 박영준의 것은 그렇지가 않다. 이광수의 〈흙〉이나 심훈의 〈상록수〉처럼 도시의 청년이 농촌에 뛰어들어 계몽운동을 하는 것도 아니고 이효석의 소설이나 이기영의 〈고향〉처럼 농촌의 서정과 토속성을 미화시키려는 것도 아니다. 오히려 박영준은 있는 그대로의 가난한 농촌들의 생활을 그렸고 무지한 농민들의 애환을 리얼하게 보여준다. 따라서 그의 농촌소설은 질박하고 꾸밈이 없으면서 또 다른 면으로 보면 비심미적이고 소재의 나열에 치우쳐 있다.

마을 청년들이 모범경작생인 길서를 배척하고 미워하게 되는 이유는 농민들을 대변해야 할 위치에 있는 그가 뽕나무 묘목을 비싸게 파는 대신 마을의 호세를 올리는 데 동조했고, 금비金肥를 사다가 자기 소출만 올리는 등 사욕을 취하는 것으로 되어 있지만 구체적 표현이 부족하여 설득력이 약하다. 그러나 자랑스러운(?) 모범경작생이 되고 나서 친구도 떨어져 나가고 사랑하는 애인까지도 잃게 되었다는 농촌생활의 아이러니를 우리는 이 작품에서 보게 된다. 〈목화씨 뿌릴 때〉도 마찬가지다. 가난한 농민을 몰아내고 헐어버린 집터에 목화씨를 뿌릴 때에도 마을 사람들은 누구 하나 일해 주는 이가 없다. 이것은 곧 비인간적인 지주에 대한 보복이요 인생의 아이러니인 것이다.

한편 6·25전쟁을 소재로 한 〈빨치산〉은 그의 문학을 훨씬 더 심각한 것으로 만들어주고 있다. 생포된 어느 빨치산의 자기 고백을 통하여 공산주의의 비인간성과 생명의 존엄성을 강조한 이 작품은 휴머니즘을 토대로 한 성공작이라 할 수 있다. 법대 2년을 중퇴하고 공산주의에 빠져서 월북한 나(주인공)는 정치학교에서 훈련을 받은 후 6·25전쟁이 터지자 빨치산(유격대원)으로 남하하게 된다. 처음에 소대장이었으나 공산당에 대한 충성 때문에 부대장이 되어 부하를 거느리고 맹활동을 전개한다.

성분이 좋지 않고 인텔리 출신이라는 낙인이 찍혀 있기 때문에 진짜 공산주의자가 되려면 뛰어난 혁명투사가 되지 않을 수 없었던 것이다. 나는 인민군이 후퇴한 뒤에도 국군을 괴롭히고 후방의 치안을 교란시키는 게릴라 활동을 전개한다. 중공군이 참전하게 되자 마침 빨치산 증원부대가 도착했는데 마침 그 중에는 '귀향'이란 여자 빨치산이 들어 있다. 나는 의식적으로 부하들과의 접촉도 금하고 그녀를 혹사하지만 나중엔 서로 사랑하는 사이가 되어버린다. 그 뒤에 드디어 변화가 오기 시작하는데 투지가 약해지고 인간의 생명에 대한 존엄성이 싹트게 된다. 사랑이 인간적인 마음의 눈을 트게 한 것이다. 빨치산 활동이 저조해지자 당의 비판도 받게 되고 드디어 나는 국군의 토벌에 쫓기어 체포되고 귀향은 총에 맞아 죽는다.

처음엔 귀향을 따라 죽으려 했지만 생명에 대한 애착심이 생긴다. 덤으로 얻은 생명인 만큼 단순한 삶의 연장이 아니라 새로운 삶의 창조를 이룩해야 한다는 마음의 변화가 일어나고 있는 것이다. 그러므로 작품 〈빨치산〉은 공산주의를 비판한 반공소설이라는 각도에서 뿐만 아니라 인생에 대한 개안開眼을 주제화한 작품이라는 점에서 그 휴머니즘을 높이 사지 아니할 수 없다.

다음 작품 〈체취〉는 성장한 자식을 사별한 중년 주인공의 고독과 인간에 대한 그리움을 그리고 있어 깊은 감동을 준다. 50대의 독신 교사인 주인공(종해)은 일찍이 간음한 아내와 헤어져서 아들 하나만 길러왔는데 고교 3년에 덜컥 죽어버린다. 마음이 찢어지는 듯한 아픔을 견디면서 그는 조용히 아들의 장례를 치른 뒤에야 교장에게 사실을 알리고 나온다. 동료들의 겉치레 인사를 받고 어쩌고 하는 것이 싫어서 거리의 빈대떡 집에 들러 혼자 술로 슬픔을 달랜다. 그런데

14

공교롭게도 술집 주인이 바로 동창생이고 그나마 전에 한 번 돈 문제로 고소사태까지 벌였던 싫은 동창생이다. 그런데 이젠 싫지가 않고 오히려 그립다는 생각이 든다.

그동안 그는 인간을 될수록 멀리 했고 고독과 소외감 속에서 살아왔다. 아내가 달아난 뒤에도 재취를 하지 않고 늙은 누나에게 살림을 맡기고 있는 인간 불신의 사람이었다. 그러나 장성한 아들을 사별한 이제는 사람이 그립다. 그는 빈대떡 집을 하는 옛동창을 다시 찾아가 술잔을 나누면서 아들의 죽음을 이야기하고 친구의 위로를 구한다. 이제 비로소 사람의 몸 냄새가 그리워진 것이다.

이와 같이 〈체취〉는 분위기가 있는 좋은 작품이다. 사람은 혼자 살 수 없고 사람들과 어울려 살아야 한다는 주인공의 깨달음이 여기에 잘 나타나 있다. 이 작품은 구성도 좋고 주제도 구체적으로 잘 나타나 있는 성공적인 작품이다. 문학이란 무엇보다도 구체적인 인생의 표현을 통하여 독자를 감동시켜야 하는 예술세계다. 우리는 박영준의 〈체취〉를 읽으면서 인생이 무엇인지 그 한 단면을 심각하게 알게 된다.

〈방관자〉는 홍수 속에 떠내려가는 한 사내를 구출할 생각은 하지 않고 다리에 몰려 구경만 하는 비인간적인 군중을 비판하고 있는 작품이다. 인간의 마음

속에 도사리고 있는 비정한 구경꾼의 심리를 고발하고 인간의 존엄성을 무시하는 비도덕이 받아야 하는 업보에 대해서도 시사를 하고 있는 작품이다.

이 작품에 나오는 김 의사醫師는 생명에 대한 애착이나 존엄을 느끼지 않고 표류 중에 다리에 걸려 애타게 구원을 기다리는 한 사내를 그저 구경하는 일에만 열중한다. 방관자의 부도덕이다. 다행히 헬리콥터가 출동하고 한 청년이 로프를 던져주어 사내가 구출되는 순간 수백 명이나 모인 구경꾼도 다리가 무너지는 바람에 홍수 속에 빠져버리게 된다.

현실상황이나 인간의 위기에 대하여 자기는 무관한 것처럼 방관자, 열외자의 태도를 취하는 일은 흔히 있는 일이지만 그것은 결코 옳은 일이라 할 수 없을 것이다. 구경꾼이라 해서 어느 때까지 무책임한 구경꾼으로만 있는 것은 아니고 결국은 사태 속에 끼어들게 마련이고, 동시에 책임을 피할 수만은 없다는 교훈이 이 작품 속에 엿보인다.

끝으로 〈고호〉는 청자항아리를 사랑하고 아끼는 마음을 그린 작품으로서 각박한 현실생활 속에서 탈피하려는 정신의 위안을 나타내고 있다. 신문기자인 주인공은 궁핍한 가정과 부조리한 직장 속에서 항시 마음으로 쫓기고 있다. 말하자면 현대 소시민이 받아야 되는 압박감과 스트레스에 짓눌려 산다. 그런데 어느 다방에 놓여진 구리항아리를 보면서 마음의 위안을 받게 된다. 마침 월급날이다. 그날도 구리항아리가 있을 다방을 찾으니 도둑이 들어 항아리를 잃었다는 것이다. 실망한 주인공은 골동품점을 뒤져서 쓸만한 청자항아리 하나를 찾아낸다. 집에 돌아온 주인공은 쌀값을 조르는 아내에게 청자항아리 하나를 내민다.

이 작품은 고호古壺를 통해서 전통적인 가치와 정신의 평안을 주장한 것이지만 몇 가지 걸리는 점이 있다고 본다. 예컨대 소설 구성에 있어서 리얼리티의 문제인데, 가장 현실 감정이 예리해야 할 사회부 기자가 쌀값에 쪼들리는 아내의 살림 형편을 알면서 월급봉투 채 털어 청자를 살 수 있을까 하는 점이다. 그리고 문장도 구체성을 잃은 설명과 서술이 많기 때문에 큰 감동을 주지 못하고 있다. 고려청자가 주는 그 청아하고 고결한 아름다움이 좀더 잘 부각되어 작품화 되었으면 하는 아쉬움을 느끼게 한다.

이상으로 박영준의 문학을 개괄하고 대표적인 몇 작품을 고안해 보았다. 그는 초기의 농촌소설을 제외하면 도시인의 일상생활을 소재로 하는 작품을 써왔으며 특히 현대인의 윤리의식에 강점을 두는 작품창작에 힘써왔다. 따라서 그는 초현실적인 상상력을 비약시키는 문학이라든지 인간의 본질과 의미를 추구하는 내면 탐구의 문학이 아니라 항상 사회상황을 근원으로 하여 소시민의 일상생활을 그려가는 현실주의의 경향을 지켜왔다고 할 수 있다.

이런 경우 주제 처리가 약하면 흔히 소재주의에 빠지기 쉽고 또 쇄말적鎖末的인 트리비얼리즘과 매너리즘에 빠지기 쉬운 것이다. 한국의 작가들이 흔히 경계해야 할 함정의 하나가 바로 이것임은 물론이다. 한 가지 부기附記할 것은 소설문학이란 본래 다양하면서도 '인생에 대한 창조적인 이야기'라든지 '스토리를 통하여 그 이상의 인생에 대한 의미를 함축하고 있는 예술'이란 개념을 상기할 필요가 있다는 점이다.

앞으로 박영준의 문학에 대한 보다 충실하고 정확한 평가들이 나오기를 바라는 바다.

모범경작생模範耕作生

"애애, 나 한마디 하마."

"애애 애, 기억基億이 보구 한마디 하래라. 아까부터 하겠다구 그러던데……."

"기억이 성내겠다. 자아 한마디 해 보게."

한참 소리를 하는데 이런 말이 나와 일하던 손들이 쥐었던 벼포기를 놓았고, 모든 눈이 기억의 얼굴로 모이었다.

목청이 남보다 곱지 못하다고 해서 한차례로 소리를 시키지 않은 것이 화가 났던지 기억이는 권하는 기회를 놓치지 않고 있는 목소리를 빼어 소리를 꺼냈다.

온갖 물은 흘러나려두
오장 썩은 물 솟아만 오른디.

같은 논에서 일하던 사람들은 기억의 미나리곡에

합세하여 다시 노래를 주고받고 하였다.

　　깔기죽 깔기죽 깔보디 말구
　　속을 두르러 말해주렴

소리를 하면 흥겨워져서 모르는 사이에 일이 빨리 되어가매 일터에서는 웃는 소리가 아니면 노래가 그치지 않는다.

　　모시나 전대에 베 전대에
　　전에나 전대루 놀아나보자

성두成斗의 논에서 일하던 사람들은 누구 하나 빼논 사람 없이 단 한 번씩이라도 목청을 뽑고 소리를 불렀다.

물소리를 출렁출렁 내며 한 옴큼씩 쥐인 볏모를 몇 뿌리씩 떼어 꽂는 그들은 서로 뒤떨어지지 않으려고 입으로 소리를 하면서도 손을 재빠르게 놀리었다.

그러나 열네 살밖에 안 되는 성두의 동생은 떨어지는 솜씨에 소리를 한마디 하고 나면 가뜩이나 한 발씩 뒤떨어진다.

"애애, 너는 소릴 그만두고 모나 잘 꽂아라. 잘못하면 너 때문에 일을 못 맞출라."

성두가 그의 동생 몫을 꽂아주며 하는 말이다.

"얘들아, 이번에는 수심가나 한마디 하자꾸나아. 아마 수심가는 성두가 가장 나을걸."

다같이 젊은 사람들만이 모여 일하는 곳이라 그런지 어떤 이가 이렇게 따라 말했다.

"아암 수심가야 성두지……."

"나야 받기나 하지…… 누가 먼저 꺼내 봐."

"공연히 그러지 말고 빨리 해."

성두는 처음엔 사양하려 했으나 두 번 권하는 데에는 댓자 소리를 꺼냈다.

그럴 때 마침 옆의 논에서 자동차 온다는 고함 소리가 들려왔다. 그 논에서 일하던 이들이 휘었던 허리를 펴고 달려오는 자동차를 보고 있었다.

"저 차에 길서吉徐가 온대지."

"그러더군……."

이런 말이 나자, 성두 동생은 논에서 밭을 건너 신작로로 뛰어갔다. 옆에 논에서도 몇 사람이 자동차가 머무르는 큰 돌이 놓여 있는 길가에 모여 서서 쑤군거렸다.

"팔자 좋다. 어떤 놈은 땀을 흘리며 종일 일만 하는데 어떤 놈은 자동차만 슬슬 굴리누나."

기억이가 자동차 온다는 밀에 길서를 생각하며 이렇게 말했다. 그러면서도 길서가 부러운 듯 자동차에서 눈을 떼지 않았다.

자동차는 여름 먼지를 뽀얗게 휘날리면서 동네 앞까지 왔으나 기다리던 사람들 앞에서 머물지를 않고 그냥 달아나버렸다. 동네 서쪽 조그만 산을 돌아 가물가물 사라질 때까지 모여 섰던 사람들은 다시 쑤군거리며 제각기 일터로 돌아갔다. 성두 동생이 돌아왔을 때 일꾼들은 남의 일이 아니면 자기들도 신작로까지 나가보고야 말았으리라고 쑤군거리며 다시 모를 꽂기 시작했다.

"오늘 온댔으니 꼭 올 텐데……."

성두가 못단을 왼손에 쥐며 말했다.

"글쎄…… 꼭 올 텐데…… 요새 모를 못 내면 금년에는 상을 못 탈 것 아냐."

기울어지는 햇살을 쳐다보며 진도 애비가 말했다.

"너 원통할 게 무어 있니? 길서가 상을 탄대두 너는 '마꼬' 한 개 못 얻어먹어…… 이 자식아……."

기억이가 툭 쏘았다.

"그래도 올랴고 한 날에는 올텐데……."

은근히 기다리던 성두가 다시 말했다.

길서는 마을에서 가장 칭찬을 받는 사람이다. 물론 사촌형뻘이 되면서도 기억이 같은 몇 사람은 길서를 시기하고 속으로는 미워까지 했으나 동네 전체로 보아 소학교 졸업을 혼자 했고, 군청과 면사무소에 혼자서 출입하고 공부를 많이 한 사람에게도 지지 않으리만큼 동네 사람들을 가르치며 지도했다. 나이 젊은 사람으로 일을 부지런히 해서 돈도 해마다 벌며 저축을 하여 마을의 진흥회니 조기회니, 회마다 회장을 도 맡고 있는 관계로 무식하고 착한 농부들은 길서를 잘난 위인이라고 생각하지 않을 수가 없었다.

더욱이 서울서 모이는 농사강습회에 군에서 보내는 세 사람 중에 한 사람으로 한 주일 전에 그리로 떠난 뒤로 길서를 칭찬하는 소리는 더 커졌다.

평양 구경도 못한 마을 사람들이 서울까지 가서 별한 구경을 다하고 돌아올 그에게서 서울 이야기를 들을 생각을 하니 그의 돌아옴이 기다려지는 것도 할 수 없는 일이었다.

점심을 먹은 뒤, 한 번도 쉬지 못한 성두의 논에서 일하던 사람들은 논두렁으로 올라가 담배를 피우기로 했다. 다른 동네에서는 점심 뒤 한 번 쉬는 참에는 새참을 먹는 것이었으나 이들은 몇 해 전부터 그런 것을 잊어버렸다. 그래서 밥은 못 먹어도 그저 몸이나 쉬는 것이었다.

길서네만 빼놓고는 전부가 소작으로 사는 그들이 여름철에는 보리밥도 마음대로 먹을 수가 없는 터에 새참쯤은 물론 생각도 못했다.

"나두 돈이 있으면 죽기 전에 서울 구경이나 한 번

해 봤으면 좋겠다.”

진도 애비가 드러누워 풍뎅이로 얼굴을 가리며 말
했다.

“나는 평양이라두 구경해보구 죽었으문 좋갔다.”

신문지 조각으로 회연을 말아 침으로 붙이던 성두
가 웃었다.

“하늘에서 돈이나 좀 떨어지지 않나……”

풀 위에 엎드려 풀을 손으로 뜯던 기억의 말이다.

여름 하늘은 구름 한 점 없이 말갛고, 곡식의 싹이
돋은 들판은 물들인 것같이 파랗다.

“그런데 금년엔 나두 길서네처럼 금비金肥를 사다가
한 번 논에 뿌려봤으면…… 길서는 밭에다 조합비료
래나…… 암모니아를 친대…… 그것을 한 번 해보았
으문 좋겠는데……”

하고 성두가 말할 때 진도 애비는 벌떡 일어나 앉았다.

“말 말게. 골메(동네이름)서는 누가 돈을 빚내다가
그것을 했다는데 본전도 못빼구 빚만 남았다네……”

“그럼! 윗동네 니특이네두 녹았대더라. 설사 잘된
다 한들 우리가 많이 먹을 듯하나? 소작료가 올라가
면 그뿐이야……”

기억이가 성난 것처럼 말했다.

“얼마 전에 지주한테 가니까 니특이 칭찬을 하며
우리가 금비 안 쓴다는 말을 하던데……”

"글쎄 말이야…… 금비라는 게 또 못 살게 하는 거거든…… 그것은 어떤 놈이 만들었는지 모르지만 아마 돈 있는 놈들이 만들었을 게야. 빚 안 내고 농사를 지어도 굶을 지경인데 빚까지 내래니 살 수 있나?"

기억이가 큰소리를 할 때 진도 애비는 무엇을 생각하고 있다가 말을 꺼내었다.

"길서야 돈 있고 제땅이 있으니 무슨 짓인들 못하리…… 또 변(利子)없이 얼마든지 보통학교에서 돈을 갖다 쓸 수도 있으니까……."

"나두 보통학교나 다녔으면 모범경작생이나 되어 돈을 가져다 그런 것을 한 번 해보았으문 좋을 텐데. 보통학교란 물도 못 먹었으니……."

성두가 절반이나 거의 꽂힌 모를 둘러보며 말했다. 그들은 이런 의미에서도 길서를 부러워했다. 물론 제땅이 얼마만큼 있어야 모범생이라도 될 것이나, 보통학교도 다니지 못한 형편에 그런 꿈은 꿀 수도 없고 따라서 길서처럼 서울 구경을 공짜로 할 생각을 못 해보는 것이 억울했다.

"내일은 우리 조밭 세벌김 매러들 오게."

기억이가 일어서서 기지개를 켜며 말했다.

"나는 내일 장에 가서 돼지 금새를 보구 와야겠네…… 그것을 팔아다 지세도 바치고 오월 단오에 지숙이 댕기도 한 감 끊어다 줘야지."

성두가 이 말을 하고 일어날 때 앉았던 사람들도 논으로 다시 내려갔다.

성두는 말없이 모를 꽂고 있었으나 모 이파리에서 곧 벼알이 열려 익어 주었으면 하고 생각해 보았다. 1년에 벼를 두 번만이라도 거둘 수 있다면 돼지는 안 팔아도 좋을 것이라 생각되었던 까닭이다.

기나긴 해도 기울어지기 시작하자 어느새 쑥 내려 갔다.

서산에 넘어가려는 붉은 해를 돌아보고 기억이가 타령조로 소리를 높이었다.

"어서 꽂구 저녁 먹자……."

다른 사람들도 이 소리를 따라 마지막 춤을 추는 무당처럼 소리를 치며 모를 꽂았다.

어둠이 들을 휩싸고 돌 때 물오리들이 소리치며 떼를 지어 날아갔다.

성두의 논에서 큰 개뚝을 넘어 김매러 갔던 그의 손아래 누이 의숙이는 국수집 딸 얌전이와 같이 모 꽂는 논두렁을 지나갔다.

"의숙아, 빨리 가서 저녁 지어라. 원 이제야 가니?"

성두의 남동생이 의숙이를 보며 말했다.

"응……."

하며 의숙이가 고개를 돌리었을 때 기억이가 말을 붙이었다.

"길서가 안 와서 맥이 풀리겠구나……."
하며 다시 얌전이에게 말을 했다.
"오늘 저녁 너의 집에 갈까?"
의숙이와 얌전이는 꼭 같이 눈을 떨구고 길을 걸었
으나 의숙이만은 얼굴을 붉히었다.
개뚝에 가리어 자동차를 못 보았으나 그래도 동네
에 들어가면 길에서라도 길서가 자기를 불러줄 것을
은근히 생각하던 의숙이었다.
먼지 묻은 적삼이 등골에 흐른 땀에 뻘개졌고, 장
흙을 뭉갠 듯한 치마가 걸을 때마다 너풀거리었다.
"얘, 길서가 안 왔대지?"
얌전이가 말을 꺼냈다.
"글쎄 누가 아니……."
"공연히 그러지 마라. 눈물 나오면 울어라. 그런
때 울지 않고 언제 울겠니? 나 같으면 그까짓 거 막
울겠다."
이름만이 얌전이며, 사실은 동네에서 제일 가는 말
괄량이로 아직 시집도 가기 전에 서방질까지 했다고
하지만 의숙이는 그의 말이 그다지 밉지가 않았다.
하루라도 보지 못하면 가슴이 답답한 듯하여 안타
까워 하던 길서를 한 주일이나 두고 보지를 못 하다
가 오늘에야 만나려니 했던 마음을 얌전이만이 알아
주는 듯하기도 했다.

“애, 사랑이라는 게 무어니? 함께 살지두 않으면서 사랑을 할 수 있니? 그래두 기억이를…….”

무슨 소리나 가릴 줄 모르는 얌전이는 하지 않아도 좋을 말을 하면서도 전에 없던 진정을 보였다.

“누군 사랑이 뭔지 아니?”

“그래두 너는 길서오래비하구 사랑한대드구나…….”

“몰라 애…….”

마을은 조용했다.

어슬어슬해 가는 들에서는 낮에 먹은 더위를 식히고, 마시었던 먼지를 토하는 듯 벌레들이 목청을 가다듬어 울고 있었다.

의숙이나 얌전이는 집에다가 호미를 두고는 꼭 같이 우물로 나왔다.

의숙이는 바가지에 물을 떠서 한 손으로 물을 쏟아 얼굴을 씻고 머리털에 묻은 물방울을 손으로 퉁긴 뒤에 흙이 빨개진 고무신과 발을 씻고 있었다. 마침 그때 동이를 옆에 끼고 오던 마을 여편네가 길서가 이제야 온다는 것을 알려주었다.

“애, 길서오래비가 온대! 개들이 짖는 데에쯤 온 게다.”

하며 얌전이가 만나보기나 한 것처럼 말했다.

소리가 커지며 또 가까워 올수록 의숙의 마음은 들먹거리었다.

고무신도 마저 씻지 못하고 물동이를 이고 집으로 돌아갈 때 그를 혹시 길에서나 만나지 않을까 하여 가슴을 졸이었다. 집에 가서 아무 정신없이 돼지죽을 바가지에 담아 가지고 돼지우리로 나갈 때는 설마 길서가 자기 옆에 와 있으려니 했으나 울국거리는 돼지에게 죽을 쏟아주고 섭섭히 돌아설 때까지 길서가 자기를 만나러 오지 않음이 원망스러웠다.

그러나 대문으로 돌아 들어가려 할 때 귀에 익은 기침 소리가 의숙의 발을 멈추게 했다. 역시 길서의 소리가 틀림없었다.

의숙이는 작년 여름, 설레는 가슴으로 길서를 대하게 된 뒤부터 동네에서도 거의 알게끔 사이가 친했건만 아직까지 어른들에게는 눈을 숨기고 있는 사이라 마당 옆 낟가리 밑에 숨어 길서를 만났다.

"잘 있었니?"

"네……."

"자동차를 타구 올래다가 몇 시간 걸으면 칠십오 전이나 굳는 걸 공연히 타구 오겠든…… 빨리 너를 만나구 싶기는 했지만……."

의숙이는 아무 대답도 못했다.

울렁거리는 가슴은 그저 넘뛰듯 뛰었고, 고개를 들고 있을 수 없게 늘어지기만 했다.

매일같이 만날 때는 어느 틈에라도 웃어 보이었고,

말을 한마디만 해도 기쁜 생각이 드솟았건만 며칠 떠났다가 만났음인지 공연히 가슴만 떨리었다.

그날 밤, 동네 사람들은 서울 이야기를 들으려고 길서네 마당으로 몰려들었다. 소먹이러 갔던 어린애들은 밥술을 놓기 전에 뛰어와서 멍석을 차지하고 앉았다.

마당에는 빨랫줄에 남포등이 걸리어 금세 꺼질 것처럼 바람에 훌떡거렸다.

윷꾼에게 남포등을 내다 건 것이 길서네로서도 처음인 만큼 마을 사람들도 보통 때의 윷과는 달리 말들을 적게 했다.

불빛이 희미하게 비치는 한편 옆에 앉은 부인네들도 각기 길서에게 잘 다녀왔느냐는 인사를 했다.

"오래비 잘 다녀왔소……."

특별히 크게 하는 얌전이의 인사는 웅크리고 앉았던 의숙의 고개를 더 숙이게 했다.

"그래 서울 동네가 얼마나 크던가?"

길서 앞에 앉았던 수염 기른 늙은이가 웃으며 물었다.

"서울에는 우리 동네 터보다 더 넓은 자리를 잡고 있는 집이 수 없습니다. 총독부 같은 집에는 수만 명이 살겠던데요."

길서는 서울서 구경한 놀랄 만한 일을 하나도 빼지

않고 이야기했다.

전차는 수백 대나 되며 자동차가 수천 대나 있어 귀가 아파 다닐 수 없었다는 말까지 했다.

혀를 빼고 멍하니 듣던 사람들이 숨을 몰아쉬려 할 때 그는 그 자리에서 일어서며 강연조로 말을 꺼냈다.

"이제는 강습회에서 배운 것을 조금 말하겠습니다. 농사짓는 법이란 제가 보통학교에 다니면서 다 배운 것이며, 지금 내가 채소밭 하는 것과 꼭 같은 것이었으니까 말할 것도 없지요. 하나 새로 배운 것이 있다면 닭을 칠 때 서울서 '레그혼'이라는 흰닭을 사다 기르면 그놈이 알을 굉장히 낳는다는 것입니다. 그 밖에는 배운 것이라고 별로 없습니다."

이 말을 끝맺고 다시 말을 이을 때는 기침을 한 번 하고 목청을 울리었다.

"제가 강습회에서도 가장 많이 들은 일입니다마는 우리가 제일 깨달아야 할 것이 하나 있습니다. 그것은 다름 아니라 가장 어렵고 무서운 시국이라는 것입니다. 까딱 잘못하다가는 죽을 죄를 짓기 쉽고 일을 아니하고 놀랴고만 생각하면 농사도 못 짓게 됩니다. 불경기不景氣, 불경기 하지만 이것이 얼마 오래갈 것이 아니며 한고비만 넘기면 호경기好景氣가 온다는 것입니다. 들으니까 요사이에 감옥에 가장 많이 갇힌 죄수들은 일하기가 싫어서 남들까지 일을 못하게 한

놈들이래요. 말하자면 공산주의자라나요. 공연히 알지도 못하고 그런 놈들의 말을 들었다가는 부치던 땅까지 못 부치게 될 것이니 결국은 농꾼들의 손해가 아니겠소……."

들고 있던 사람들은 길서의 얼굴만 쳐다보며 멍하니 앉아 있었다.

"또 무슨 전쟁이 일어날 것도 같습니다. 하라는 일을 아니하면 우리가 어떻게 될는지도 모르지요. 그러나 같은 값이면 마음 놓고 하라는 일을 잘하며 살아야 하겠어요. 에에, 우리는 일을 부지런히 합시다. 그러면 굶어죽는 법이 없으니깐요. 유명하게 된 사람들은 전부 부지런했던 덕택이었다는 것을 우리는 잘 알지 않습니까!"

이 말을 끝맺고 한참이나 섰다가 앉을 때 옆에 앉았던 늙은이가 이마를 긁으며 물었다.

"너 서울 가서 그런 말도 배웠니?"

길서는 그저 웃었다. 의숙이도 재미있게 듣는 동네 사람들을 볼 때 길서가 더 훌륭한 것같이 생각했다.

"그런데 호경긴가 그것은 언제 온대든?"

아닌 밤중에 홍두깨 내밀 듯 기억이가 한참 동안 잔잔하던 공기를 깨뜨리고 말았다. 대답에 궁했던 길서는 한참이나 생각하다가,

"얼마 안 있으면 온대드라……."

라고 대답했으나, 어째서 불경기니 호경기니 하는 것이 생기느냐고 캐어 물을 때에는 모르겠다는 솔직한 대답밖에 더 할 수가 없었다. 농민들이 나날이 못살게 되어가는 것이 불경기 때문이냐고 묻는다면 자신 있는 말로 그렇다고 대답했을는지도 모른다.

"암만 호경기가 온다 해두 팔아먹을 것이 있어야 호경기지. 팔 거 없는 놈이 호경기는 무슨 소용이냐. 호경기가 되면 쌀이 많이 생기기나 하나……."

이러한 기억의 말은 아무런 생각도 없이 나온 듯했으나 호경기가 쌀을 많이 가져다주는 것이 아니라는 것을 아는 그들은 길서의 말보다도 더 그럴 듯이 생각했다.

아무리 불경기라 해도 십 리 밖 읍내에 있는 지주地主 서徐재당은 금년에도 맏아들을 분가시키고 고래 같은 기와집을 지어주었다.

쌀값이 조금 오르면 고무신 값이 조금 오르고, 쌀값이 떨어지면 물건값도 떨어지는 것을 잘 아는 그들은 불경기니 호경기니 해도 그들에게는 아무 관계가 없는 것같이 생각되었으며 돈 있는 사람들도 불경기에 땅 팔았다는 말을 못 들었으므로 경기라는 것이 무엇인지 참으로 알 수 없었다.

그러나 그러면서도 길서가 힘든 말을 자기들보다 많이 아는 사람같이 생각하며 집으로 돌아갔다.

다음 날, 서울 갈 때 입었던 누런 양복을 벗고 무명 잠방적삼을 갈아입은 뒤 논에 나가 모를 꽂고 들어온 길서는 컴컴한 저녁 때쯤 해서 의숙의 집 뒤 모퉁이로 의숙이를 찾아갔다.

기쁨을 기쁘다고 말하지 못하던 의숙이도 이날만은 자기도 모르게 웃음이 솟아오르며, 무슨 말이든 가슴이 시원하게 털어놓고 싶었다. 길서가 서울서 사 왔다고 하는 파란 비누를 손에 쥐어줄 때 의숙은 진정이 서린 눈초리로 길서의 손길을 듬뿍 잡았다.

비누 세수라고 평생 못 해본 의숙이가 비누 세수를 하면 금세 자기의 타진 얼굴이 희어지며 예뻐질 것 같아 춤을 추고 싶게 보였다.

"내 다음 일본 가게 되면 더 좋은 거 사다 줄께."

"언제 또 가세요?"

"가을에는 도에서 세 사람을 뽑아 일본 시찰을 보낸다는데 뽑히기나 할는지 모르지만⋯⋯."

"뽑히겠지요 뭐⋯⋯."

자신있는 듯이 의숙이가 말할 때 껌껌한 데에서 사람 소리를 들은 강아지가 깡깡 짖으며 뛰어나왔다.

무서운 호랑이나 본 것처럼 그들은 뒤돌아볼 새도 없이 굴뚝 뒤로 몸을 움츠리었다.

가슴속에서 뛰는 심장의 고동을 제각기 남의 가슴속에서 들었다.

“그놈의 개새끼가 사람을 놀라게 하눈……”
하며 숨을 내쉬어 일어설 때 그들의 손은 꼭 잡히어
있었다.

의숙이는 길서를 떠나서 몰래 집 안으로 들어가서
비누를 궤 속 깊이 넣었다가 한 번 다시 꺼내 보고는
마당으로 나와 어머니와 오빠와 동생이 앉아 있는 명
석으로 갔다. 그러나 길서의 품에 안기었던 생각만이
가슴에서 떠나질 않았다.

“그래, 사 원 팔십 전을 받고 팔았단 말인가?”
그의 어머니가 성두에게 하는 말이었다.

“그럼 어떡헙니까? 그거라두 팔아서 용돈을 써야지
요. 우선 지세도 밀리구, 아직 보리 빌 때까지 먹을
보리두 사야 하지 않아요. 또 단오 명절도 가까워 오
는데 돈 쓸 데가 없어서 그러십니까.”

성두의 얼굴은 푸르럭푸르럭했다.

“오빠…… 오빠의 잔치는 어떻게 합니까? 돼지를
팔구……”

의숙이가 옆에 앉았다가 눈을 흘기는 것 같으면서
도 웃는 얼굴로 말을 했다.

“글쎄 말이다. 내 말이 그 말이 아닌가?”
어머니는 차마 꺼내지 못했던 말이 나와서 시원한
듯했다.

길서는 새벽에 일어나 감자밭에 나가 벌레를 잡고

뽕나무 묘목밭을 한 번 돌아보고는 서울 갈 때 입었던 누런 양복을 입고 읍내로 들어갔다.

먼저 보통학교 교장에게로 가서 제손으로 만든 빗자루 다섯 개를 쓰라고 주고, 모를 다 냈으니 비료를 사야겠다고 25원을 취해가지고는 뽕나무 묘목에 대한 이야기를 하려고 면사무소로 들어갔다.

"리상, 잘 왔소. 한턱 내야지. 오늘은 리상의 점심을 얻어먹어야겠군……."

세금 못 낸 사람을 잘 치기로 유명한 뚱뚱한 서기가 길서가 들어서자마자 말을 했다.

"한턱은 점심 때 내기로 하구, 묘목은 언제 가져갑니까? 퍽 자랐는데, 이번에는 돈을 좀 실하게 받아야겠는데요."

"한턱만 내면야 잘 팔아주지…… 내게만 곱게 보이란 말이야. 값을 정해서 갖다 맡기면 그만이니까. 누가 무슨 소리를 감히 해대나……."

면서기는 농담 비슷하게 웃었다. 허리를 구부리고 복종하는 농부들은 절대로 마음대로 할 자신이 있다는 듯한 호걸웃음을 웃었다.

"일본으로 보내는 사람을 뽑을 때두 면장을 시켜서 잘 말하도록 할테니 그저 한턱만 내요."

"그것은 염려마십시오. 술 한 병이면 녹초가 될걸…… 그러면서도 얼마나 먹는 듯이…… 하하하……."

길서는 진정으로 한턱 내고 싶기도 했다. 묘목만 잘 팔아주면 예산 이외의 돈이 수십 원 들어온다는 것을 모를 리 없었다. 그때 뚱뚱한 몸에 맵시없는 의복을 입은 면장이 들어와서 길서 앞에 섰다. 길서는 인사를 하고 서울 갔던 이야기를 보고했다.

보고를 듣고 수고했다는 말을 한 뒤는 곧장,

"그런데 이번 호세는 자네 동네에서도 조금 많이 부담해야겠네…… 보통학교를 6학급으로 증축해야겠으니까……."

하고 길지도 않은 수염을 쓸며 호세 이야기를 했다.

"거야 제가 압니까?"

"아니야, 자네 동네서야 자네만 승낙하면 되는 게니까. 그렇다구 자네에게 해로운 것은 없을 게고."

"글쎄요."

길서는 면장의 말에 무엇이라고 대답할 수가 없었다. 만약 그에게 조금이라도 재미없는 말을 해서 비위에 거슬리게 하면 자기도 끼니 때를 굶고 지내는 동안 묘목도 못 팔아먹을 것이며, 그런 말이 보통학교 교장 귀에 들어가면 돈도 빌어다 쓸 수 없게 된다.

그러면 묘목 심었던 밭에 조를 심게 되고, 면사무소 사무원들과 학교 선생들에게 팔던 감자와 파도 썩어 버리게 된다.

3백 평밖에 안 되는 논에 비료를 많이 내지 않으면 미곡품평회에 출품도 못해볼 것이며, 그러면 상금을 못탈 뿐 아니라 벼가 겨우 넉 섬밖에 소출 못날 것이다.

그러면 동네 사람들과 꼭같이 일 년 양식도 부족할 것이 아닌가.

"자네 동네 사람들은 얌전하게 근심 없이 사는 모양이던데……."

면장이 다시 말을 꺼낼 때 길서는 곧 대답했다.

"그러믄요. 근심이 조금도 없다고야 할 수 없지마는 무던한 편은 됩니다."

벼는 누릇누릇해서 이삭들이 뭉친 것이 황금덩이 같았다. 그러나 얼굴의 주름살을 편 사람이라고는 하나도 없었다.

강충이(벼줄기를 깎아먹어 벼를 마르게 하는 벌레)가 먹어 예년에 비해서 절반도 곡식을 거둘 수가 없었기 때문이었다.

길서만이 평양 가서 북어기름을 통으로 사다가 쳤기 때문에 그의 논만은 작년보다도 더 잘 되었으나 다른 놈들은 털 빠진 황소 가죽같이 민숭민숭해졌다.

이(蝨)새끼만한 작은 벌레까지 못살게 하는 것이 가슴 원통했으나 여름내 땀을 빼고도 제 입으로 들어

올 것이 없을 것을 생각하니 눈물이 솟아오를 지경이었다.

그들은 할 수 없으므로 성두의 말대로 길서를 시켜 읍내 지주 서재당에게 가서 금년만 도지(小作料)를 조금 감해 달래 보자고 했다.

그러나 길서는 자기와 관계가 없을 뿐 아니라 정해 놓은 도지를 곡식이 안 되었다고 감해 달라는 것은 흔히 일어나는 소작쟁의와 같은 당치 않은 짓이라고 해서 거절했다. 그러고는 며칠 있다가 일본시찰단으로 뽑히어 떠나가 버렸다.

동네 사람들은 어쩌할 줄을 몰랐다. 더구나 금년 겨울에는 기어이 잔치를 하려고 하던 성두는 가끔 우는 얼굴을 하곤 했다.

그들은 할수없이 큰 마음을 먹고 떼를 지어 읍내로 들어가 서재당에게 사정을 말해보았으나 물론 들어주지 않았다. 오히려 아들을 분가시킨 관계로 돈이 몰린다는 근심까지를 들었다.

"너희들 마음대로 그렇게 하려거든 명년부터 논을 내놓아라."

하는 말에는 더 할 말이 없어 갈 때보다도 더 기운없이 돌아왔다. 그들은 돌아가는 길에 길서의 논 앞에 서서 '모범경작생'이라고 쓴 말뚝을 부럽게 내려다보았다.

벗대가 훨씬 큰데 이삭이 한 길만큼 늘어선 것이 여간 부럽지 않았다. 그러나 말도 잘하고 신망도 있다고 해서 대신 교섭을 해 달라고 부탁했음에도 불구하고 못 들은 체 들어주지 않은 길서가 미웠다.

"나도 내 땅이 있어 비료만 많이 하면 이삼 곱을 내겠다. 그까짓 것……."

기억이가 침을 탁 뱉으며 말했다. 며칠 뒤 그들이 다시 놀란 것은 값도 모르는 뽕나무 값이 엄청나게 비싸진 것과 13등 하던 호세가 11등으로 올라간 것이다.

그것보다도 10등이던 길서네만은 그대로 10등에 있는 것이 너무도 이상했다. 길서네는 그래도 작년에 돈을 모아 빚을 주었으나 다른 사람들은 흉년까지 만나 먹고 살 수도 없는데 호세만 올랐다는 것이 우스우면서도 기막힌 일이었다.

무엇을 보고 호세를 정하는지 알 수 없었다.

흉년, 그러면서도 도지를 그대로 바쳐야 하는 데다가 호세까지 오른 그들의 세상은 캄캄했다.

'아마 북간도나 만주로 바가지를 차고 떠나야 하는가 보다' 성두는 혼자 생각했다. 그들은 마을에 대한 애착심도 잊었고 제 고장이라는 것도 생각하기 싫었다. 다만 못살 놈의 땅만 같았다.

마을 사람들은 길서의 장난으로 호세까지 올랐다는 것을 다음에야 알고 누구 하나 그를 곱게 이야기하는 이가 없게 되었다. 길서 때문에 동네를 떠나야겠다는 오빠의 말을 들은 의숙이도 눈물을 흘리며 길서가 그렇지 않기를 속으로 바랐다.

길서는 일본서 돌아올 때 우선 자기 논두렁에서 가슴이 서늘함을 느꼈다.

논에 박은 "김길서"라고 쓴 푯말은 간 곳도 없고 "모범경작생"이라고 쓴 말뚝은 쪼개져서 흐트러져 있었다.

심술궂은 애들이 장난을 했는가 하고 생각하려 했으나 그 한 짓으로 보아서 반드시 무슨 일이 일어난 것 같은 예감이 들었다.

동네에 들어섰을 때 동네에는 어른이라고 한 사람도 찾아볼 수 없었다.

읍내 서재당 집엘 가서 저녁 때가 되도록 아직 돌아오지 않았다는 말을 듣자 서울 갔다 돌아왔을 때보다도 더 의기양양해 온 길서의 마음은 조각조각 깨지고 말았다.

보지도 못했고 이름조차 들어보지 못하던 바나나를 가지고 밤이 이슥했을 무렵 의숙이를 찾아갔건만 그를 본 의숙이도 얼굴을 돌리고 울기만 했다. 길서의 마음은 터지는 듯했다.

뒤에서 몽둥이를 들고 따라오던 사람의 숨소리를 듣는 듯 가슴이 떨리었다. 불길한 징조가 눈에 보이는 듯했다.

　성두가 충혈된 얼굴로 아랫문으로 뛰어들었을 때 길서는 들고왔던 바나나를 들고 뒷문으로 도망쳤다.

(1934년)

추 정秋情

집을 둘러싼 돌담이 있다. 돌담 안의 뜰도 근 칠십 평이나 되는 넓이다. 돌담 남쪽 복판에 있는 대문을 나서면 바깥마당이 있다. 마당은 백 평에 가까운 넓이다. 안팎으로 이백 평이나 거의 되는 두 마당에는 화초와 수목이 우거져 있다. 앞마당은 마치 화원 같은 느낌을 주고 있다. 한편에는 사방 유리로 되어 있는 온실이 있을 뿐 열십자로 낸 길이 잘 보이지 않을 정도로 마당 전체가 화초로 덮여 있다. 유자, 목련, 백일홍 또는 라일락 같은 꽃나무도 있지만 장미, 다알리아, 국화 같은 꽃이 대부분이다. 가을철이라 눈에 뜨이는 것은 무엇보다 국화였다. 화분에 심겨져 있는 것만도 근 백 그루는 되어 보였다. 아직 피지는 않았지만 야생초처럼 땅에서 자란 국화도 수없이 많았다.

바깥마당에는 태산목, 자귀나무, 향나무 등 값나가

는 나무가 위주였는데 그 중에는 포도덩굴, 등덩굴, 덩굴장미가 있는가 하면 감나무, 대추나무 같은 과일나무도 있다. 안마당이나 바깥마당 모두가 잔디로 깔려 있는데 잔디가 깔끔하게 다듬어져 있는 것만으로도 정성이 들어 있는 정원이라는 것을 알 수 있다. 바깥마당에는 울타리가 없는 대신 코스모스가 둘려져 있다. 빨강, 연분홍, 흰 빛깔의 코스모스가 엉켜서 피어 있다.

이런 마당을 가진 집이 ○시에서 오 리쯤 떨어진 유덕산 밑에 위치하고 있는데 이 집 바깥마당을 나서면 그대로 논이요 밭이다. 들에서는 맨 끝이요, 산에서는 맨 밑인 이 집 주인이 정명로鄭明路다.

집도 산 밑에 홀로 서 있지만 집에서 사는 사람도 정노인 혼자뿐이라는 것은 정노인의 직계가족이 하나도 없다는 것으로 동거인도 없다는 말은 아니다. 이십 년 전에 소박을 당한 뒤 계속해서 식객처럼, 아니 가정부처럼 같이 살고 있는 누이동생이 한 사람, 그리고 동냥다니는 것을 붙잡아서 기르고 있는 열네 살짜리 여자아이가 동거인으로 같은 지붕 밑에 살고 있다.

지금 정 노인이 같이 살고 있는 아이 향미鄕美를 맞으러 바깥마당을 거쳐 들길로 나서고 있다. 들길이라고 하지만 마당에서 오십 미터쯤 거리에는 양쪽에 코스모스가 만발해 있다.

코스모스 ─ 그중에서도 흰 빛깔의 코스모스는 소녀를 연상시킨다. 색감이 없는 순수하고 청초한 흰 빛깔의 코스모스는 성숙한 정열을 갖지 않고 있다.

생각도 단순하고 마음도 그만큼 깨끗한 때묻지 않은 소녀.

정노인은 흰 빛깔의 코스모스를 보면서 걷다가는 멀리 들길을 내려다보았다. 흰 빛깔의 코스모스 같은 향미가 걸어오는 것이 시야에 들어오기를 바라는 마음이었다. 보이지 않았다. 시간이 이른 모양이었다. 노인은 흰 코스모스 한 가지를 꺾었다. 향미에게 주기 위해서였다.

"어머나……."

흔해빠진 코스모스지만 자기가 주는 것이라고 해서 향미는 기뻐 받을 것이다.

그러나 정 노인은 꺾어든 한 가지의 코스모스를 던져버렸다. 그 많은 가운데에서 겨우 한 가지만을 꺾어 준다는 것에 부족감을 느꼈던 것이다. 이왕이면 한 아름 꺾어서 줘야지. 한 아름 아니라 한 지게를 꺾어도 아깝지가 않을 것이다. 정 노인은 코스모스를 밑둥으로 한줌 움켜쥐고 엿가락 꺾듯 꺾으려 했다. 꺾으려는 순간 그는 주먹에 들어 있는 코스모스를 놓고 말았다. 욕심쟁이라는 느낌이 들었던 것이다.

자기가 느끼는 것보다는 향미가 그렇게 느낄 것이

겁났던 것이다. 많은 것은 아무래도 욕심을 표시한다. 향미가 자기를 욕심쟁이로 인정하면 어떻게 할 것인가. 향미는 순수하고 깨끗한 마음으로 자기를 바라보고 있다. 절대로 욕심쟁이 할아버지라고 생각지 않은 그미에게 욕심쟁이라는 깨끗치 못한 인상을 주어서는 안 된다.

정 노인은 다시 흰 코스모스 한 송이를, 그것도 길지 않게 목을 잘랐다. 그러고는 심심해서 꺾어든 것처럼 그것을 휘휘 저으며 걷기를 시작했다.

어느새 두 마장쯤 걸었는데도 향미는 보이지 않았다. 정 노인은 향미를 만날 때까지 계속해서 걸을까 생각했다. 교실 소제라도 하느라고 늦는지 모른다. 그렇다면 몸이 피곤할 것이다. 피곤한 몸으로 돌아오는 향미를 멀리 마중 갈수록 향미는 반가워할 것이다. 그러나 정 노인은 길가 풀섶에 앉아버렸다. 마당에서 누이동생 경분敬芬이 내다보고 있을지도 모른다. 그렇지 않아도 정 노인의 향미에 대한 애정을 필요 이상의 것으로 보고 있다. 며칠 전 마당의 잔디를 깎다가 쉬지도 않고 향미를 마중나갈 때 누이동생은 피곤할 때 쉴 것이지 마중은 무슨 마중이냐고 어린 자식을 꾸중하듯 걱정하는 말을 했다. 매일 학교에 갔다오는 애를 마중갈 필요가 무엇이냐는 말까지 했다. 그것을 의심하는 것이라거나 질투하는 것이라고 볼 수는 없을지 모른다. 그렇지만 필요 이상 멀리까지 간다면 그미가 의심하게 될지도 모른다. 그리고 보통 때보다 과히 늦지도 않았는데 멀리까지 간다면 향미가 도리어 반가워하지 않을지 모른다. 자기를 잊지 않고 마중나왔다는 생각만 넣어주는 것이 향미를 기쁘게 하는 일이 아니겠는가?

정 노인은 코스모스를 풀 위에 놓고 담배를 꺼내 물었다. 담배 한 대를 다 태울 동안도 그의 눈은 아래쪽으로만 쏠리고 있었다. 그런데 향미는 그때까지도 보이지 않았다. 그는 새 담배 하나를 또 꺼내 물었다. 담배를 그렇게 많이 피우는 편이 아닌데도 마음이 초조해 왔기 때문이었다. 돌아올 때가 됐는데도 향미는 어째서 아직 돌아오지 않을까? 대청소가 있다는 말인가? 그렇지 않으면 친구네 집에라도 들렀다는 것인가? 혹시 선생한테 벌을 서고 있는 것은 아닌가. 뛰어오다가 넘어져 다리가 상한 것은 아닐까?

그는 별별 생각을 다했다. 친구네 집에 들른다든가 선생에게 벌을 받는다든가 하는 일을 한 번도 해 본 적이 없는 향미다. 그런 만큼 의외의 돌발사건이 생긴 것이라고밖에 생각되지가 않았다. 어디가 아파서 병원으로 간 것이 아닐까? 그렇지 않으면 자동차 사고라도 생긴 것이 아닐까.

두 대째의 담배를 다 태웠을 때 정 노인은 읍내까

지 가봐야겠다는 생각을 했다. 그래서 바지를 털며 일어섰을 때 멀리서 걸어오고 있는 향미가 그의 시야 속에 들어왔다. 틀림없이 향미라는 것을 알았을 때 그는 안심을 하고 다시 풀섶 위에 주저앉았다. 앉아서도 향미를 지켜보고 있던 그는 이백 미터 거리쯤 가까이 왔을 때 갑자기 길가 수수밭 사이로 몸을 숨겼다. 향미를 놀려주고 싶은 마음에서였다. 수수밭 고랑에 웅크리고 앉아 있다가 향미가 자기 앞을 지나간 뒤에야 슬그머니 길로 나와 에헴 하고 소리를 냈다. 생각 같아서는 향미 앞으로 뛰쳐나와 악 소리를 질러주고 싶었다. 그러나 어린 향미가 놀라 혹시 기절이라도 하면 하는 겁 때문에 점잖게 에헴 소리만 했던 것이다. 그런데도 향미는 깜짝 놀라 "엄마"하며 뒤를 돌아봤다.

그때 정 노인이 빙그레 웃어 보이자 향미는 그에게로 달려오며,

"할아버지두……."

주먹을 앞으로 내미는 것이었다. 때리고 싶은 모양이었다. 그러나 그미는 내민 주먹을 펴서 정 노인의 손을 잡고는,

"정말 혼났네."

하며 웃었다.

"놀라기는 다 큰 것이……."

정 노인은 흰 코스모스를 향미 얼굴에 내밀었다.
"그건 왜 꺾었나요?"
"널 줄려구."
"아이 좋아."
향미는 코스모스를 받아 코에다 대보기도 하고 뺨에 대보기도 했다. 그러고는 가슴에 안아 보는 흉내도 낸다.
정 노인은 흐뭇한 마음으로 그미를 바라본다. 집에 가면 얼마든지 있는 꽃이다. 집뿐 아니라 가을만 되면 어디서나 볼 수 있는 꽃인데도 향미는 자기가 준 것이라고 해서 그것을 소중히 여기는 것이다. 소중히 여겨야 할 것을 소중히 할 줄 아는 소녀다. 그만큼 영리하다고나 할까?
정 노인은 귀여운 소녀의 손을 잡았다. 그러고는 오늘 학교에서 늦은 이유를 물었다. 그 밖에도 학교에서 있었던 일들을 물었다. 소녀는 정 노인이 손을 잡고 있는 것이 좋은지 그 손을 잡은 채 흔들기도 하고 또는 흔들던 손을 꼭 잡기도 하며,
"청소를 했어요. 물을 길어다 변소 청소를 하느라고 혼났어요. 냄새가 나서 코를 막구……."
명랑하게 이야기하는 것이었다.
"오늘 선생님이 '넌 서울 가서 입학시험 치르지?' 하고 묻잖아요?"

이런 이야기도 꺼냈다.
"그래서 넌 뭐라고 했니?"
"전 이곳 중학교에 다닌다구 그랬어요."
"왜? 내가 서울엔 보내주지 않을 것 같아서?"
"아니요. 절대로 그렇진 않아요."
향미는 웃으며 대답했다. 그러나 조금 쓸쓸한 얼굴이 되면서,
"할아버진 왜 그런 말씀을 하시죠?"
하고 물었다.
"나는 네가 가고 싶다는대루 보내줄 생각이 있는데. 혹시 네가 잘못 알구 그런 생각을 한 것이나 아닌가 해서……."
이것은 거짓말이었다. 거짓말이면서도 자기의 체면을 생각해서 한 말이었다. 그런데 향미는,
"전 서울 가구 싶지 않아요. 아는 사람 하나도 없는데 가서 어떻게 살아요?"
얼굴을 활짝 펴고 말했다. 정말인 것 같았다. 친척 하나 없는 서울에 가서 공부하느니 신통치는 않지만 시내에 있는 중학교에 다니는 것이 마음 편할 것이다. 정 노인은 그 말 속에서,
"할아버지가 없는 데에는 가기 싫어요."
하는 뜻을 생각했다. 할아버지가 없는 서울엔 가기 싫어요 라는 말로 해석하고 싶었던 것이다. 그것은

자기의 바람이기도 했다.

"잘 생각했다. 나두 널 고생시키면서 공부하게 하구 싶진 않다."

자기의 진심을 말하고는 그미의 손을 잡았던 손을 빼고 그미의 어깨를 안은 채 걸었다. 그런데 얼마를 걷다가 향미는,

"할아버지."

하고 불렀다.

"응!"

무슨 말이 나오는가 기다리고 있을 때,

"하늘이 참 좋죠?"

생각지도 못했던 말을 꺼냈다. 가슴속에 아무 딴 생각이 없다는 만족스런 마음의 상태를 보여주는 것 같았다. 정 노인은 자기에게 조금도 불만이 없고 티끌만한 거리감도 갖고 있지 않은 그미에게 고마움을 느끼며,

"참 좋다. 한국의 자랑은 가을하늘뿐이라고들 하지 않니……."

팔에 힘을 주어 어깨를 힘있게 끌어안았다.

"할아버지, 그림물감이 저런 빛깔을 가지구 있다 해두 하늘처럼 곱지는 못하겠죠?"

"그렇구말구……"

그럴 것 같았다. 어떤 물체라고 해도 하늘과 같은

빛깔을 낼 수가 없을 것이다. 설사 같은 빛깔을 낸다고 해도 물체가 아닌 하늘만큼 고울 수는 없을 것이다.

"하늘은 제가 저렇게까지 고운 것을 알구 있을까요?"

"글쎄."

"알구 있다면 얼마나 좋아할까?"

"그런 걸 아는 건 사람뿐이 아닐까? 사람 가운데에두 그런 걸 모르구 사는 사람두 있지만……."

"제가 곱다는 것을 모르는 사람두 있어요?"

"얼굴이 고운 것은 다들 잘 알겠지. 그렇지만 마음이 고운 상태에서 산다는 것을 모르는 사람은 많을 거야."

"그걸 왜 모를까?"

정 노인은 그때 향미 너는 지금 고운 마음을 가지고 있느냐? 그리고 고운 마음을 가지고 산다는 것을 알고 있느냐? 하고 묻고 싶었다. 그러나 묻지 않았다. 말로 표현하지 않은 향미의 그 고운 마음을 혼자 들여다보는 것으로 만족했기 때문이었다. 만족한 마음이 깨질까 두려운 것은 아니었다. 경솔로 소녀에게 실망을 주기가 싫었던 것이다. 그런데 향미가 또,

"할아버지!"

하고 불렀다.

정 노인은 또 무슨 기발한 말이 나오는가 해서,

　"응—."

하고 대답했다. 그랬더니 이번에는,

　"집에 다 왔죠."

하고 말했다. 조금 멋적게 느꼈지만 정 노인은 그래도 좋았다. 할아버지 하고 입버릇처럼 부르는 그것이 자기를 신뢰하는 마음의 표현이다.

　정 노인은 향미를 집에서 같이 살자고 한 뒤 자기를 아버지라 부르게 하지 않고 할아버지라고 부르게 한 것을 새삼 잘한 일이라고 생각했다. 아버지라고 하면 더 친근감을 느낄 수 있을지 모른다. 더 가까운 애정을 느낄 수 있을 것이다. 그러나 아버지는 두 사람의 관계를 한정해 놓고 부르는 호칭이다. 밉거나 싫어도 의무적인 관계를 지속해야 한다. 동시에 애정과 친근감도 정해진 환경을 벗어나지 못한다.

　할아버지는 그렇지가 않다. 친척관계자에게도 부를 수 있지만 나이 많은 사람에게 일반적으로 붙일 수 있는 이름이다. 인간 대 인간관계 이외의 다른 의미가 없어도 좋다. 연령적 관념은 주나 평등한 인간적 입장에서 일대일의 관계를 지속시킬 수 있다.

　정 노인이 바라는 것은 확실히 그것이었다. 그가 필요로 하는 것은 어떤 굴레 속에서 느끼는 한정된 애정이 아니라 아무런 관계 없이 평등한 인간관계에서 느끼는 애정을 갈망하는 것이었다.

이런 생각을 하며 눈앞에 집을 바라보는 순간 향미의 어깨 위에 있던 손을 슬그머니 떨어뜨렸다.

일흔 살과 열세 살. 그들이 손을 잡고 부둥켜안는다고 해도 그것을 부자연스럽게 볼 사람이 없을 것이다. 그러나 정 노인은 누이동생의 눈을 생각했던 것이다. 그미만은 자기를 이상한 눈으로 볼 수 있다는 생각 때문이었다. 하나의 인간으로 대하고 있지만 평등한 위치에서 대한다는 마음이 특히 누이의 의심을 살 가능성이 있다고 생각되었다.

누이동생과 자기는 혈육으로서의 의리와 애정을 가지고 있다. 그러나 그 이상의 애정은 없다. 무엇인가 제거된 애정이다. 그렇기 때문에 더 관대해질 수도 있지만 그 관대란 무관심에 가까운 것일 수가 있다. 무관심은 이해보다도 편견을 만들어낸다. 정 노인은 편견에서 오는 오해가 싫어서 누이동생 앞에서는 될 수 있는 한 행동을 삼가하고 있다.

안마당으로 들어섰을 때 정 노인은 부엌을 향해,

"향미가 왔어."

하고 향미가 돌아온 것을 알렸다. 단 세 사람만이 살고 있는 집 안에서 누이동생은 두 사람이 밖에서 들어오는 것을 내다보지도 않는다. 정 노인이 말을 했는데도 "그래요?" 할 뿐 얼굴도 내밀지 않았다. 저녁을 짓느라 바쁘다는 것일까? 정 노인은 그미가 확실히 어떤 편견을 가진 것이라고 생각했다. 두려운 것은 없지만 그리 유쾌한 일은 아니었다. 그렇다고 개의할 일도 아니어서 그는 우물물을 떠다놓고 향미에게 세수를 하라고 했다. 그러고는 수건을 꺼내들고 서서 향미가 세수하는 것을 지켜보고 있었다.

그때 누이동생이 부엌에서 얼굴을 내밀고,

"나무나 한 단 갖다 주세요."

가시가 돋친 음성으로 말했다.

세수하고 있는 것까지 지켜보고 있을 것이 무엇이냐는 말투였다.

정 노인은 수건을 꽃나무 위에 놓고 바깥마당에 쌓아놓은 나무를 한 단 들어다 부엌에 들여놓았다. 그러고는,

"불 좀 때줄까?"

하고 말했다.

세수하고 있는 향미를 지켜보고 있는 것이 못마땅해서 신경질적으로 말한 누이동생에게 너그러움을 보임으로써 보복을 해 주고 싶은 마음이었다.

"오빠두. 이제 밥만 끓이면 돼요."

누그러진 말투로 보아 정 노인의 너그러움이 효과를 본 셈이었다. 짜증낸 일을 미안하게 생각하는 듯 보였을 때 정 노인은,

"나두 할 일이 없는데……"

하며 나뭇단을 끄르고 마른나무를 집어 아궁이에 집어넣기 시작했다. 가끔 그런 일을 해준 적이 있기도 했지만 미안해 하는 누이동생이 측은하게 생각되었기 때문이었다. 육십이 다 된 여자가 혼자서 가정부 노릇도 하고 식모 노릇도 한다. 사십에 소박을 맞고 근 이십 년 동안 자기만을 위하여 살아온 그미를 생각할 때 언제나 측은함을 느낀다.

"글쎄 들어가시라니까요. 오빠두……."

누이동생이 정 노인을 밀어냈다. 짜증냈던 것을 진심으로 미안하게 생각하는 모양이었다. 정 노인은 시키는 대로 하는 것이 누이동생을 위하는 일인 것 같아 부엌에서 나왔다. 그러고는 물독에서 물을 퍼서 화초에 물을 주기 시작했다. 저녁을 먹기 전에 한 번씩 주는 물이다.

정 노인이 화초에 물을 주기 시작하자 방 안에 있던 향미가 뛰어나와 큰 바가지에 물을 떠가지고 정 노인 뒤를 따랐다. 정 노인은 향미가 떠온 물을 물뿜이에 쏟아서 두 손으로 받들고 화초에 하나하나 신경을 기울이며 물을 뿌렸다. 이십여 번 그렇게 물을 주노라면 팔과 허리가 아프다. 그래도 참아가며 물을 주고 있을 때 향미가,

"할아버지, 제가 혼자서 물을 주면 안 되나요?"
하고 말했다.

정 노인은 그렇게 말하는 향미의 마음을 이해할 수 있었다. 늙은 몸을 쉬게 해주고 싶어하는 심정— 그러면서도 화초에 관한 일을 남에게 시키려 하지 않는 정 노인의 마음을 건드릴 수 없어 하는 심정이었다.

"네가 물을 주면 화초들이 더 좋아하겠지."

정 노인은 웃으며 대답했다.

"그럼 물뿜이를 저 주세요."

"다음부터!"

정 노인은 물뿜이를 향미에게 넘겨주지는 않았다. 이때까지처럼 화초에 대한 애정을 독점 안 해도 좋다는 생각을 갖고 있다. 그러나 향미에게 일을 시키고 나면 자기는 심심해진다. 심심해지는 것이 싫었던 것이다. 팔과 허리가 약간 아프지만 그것은 능히 참을 수 있는 일이었다. 정 노인은 비록 칠십이라 해도 허리가 굽거나 활동에 지장이 있을 만큼 기력이 없지는 않았다.

물을 끝까지 다 주었을 때 향미가,

"그럼 내일부터 제가 물을 줄께요."

하고 정 노인의 허락을 구했다. 그때,

"그러렴."

정 노인은 서슴지 않고 대답했다. 향미가 아닌 딴 사람이 그런 말을 했다면 절대로 허락치 않았을 것이다. 향미가 물을 주고 자기가 옆에서 거들어 주면 그

또한 아름다운 풍경일 것 같았다.

정 노인은 젊었을 때 과수원을 꿈꾼 일이 있다. 빨간 사과가 열렸을 때 자기는 나무 위에 올라가 한 알 한 알 그것을 딴다. 그러면 아래서 사랑하는 여자가 그것을 한 알 한 알 받아 구럭에 넣는다. 일 년 동안 힘들여 일한 보람을 가장 흐뭇하게 느낄 것이다.

지금 과실 대신 화초에 줄 물을 자기가 떠다준다. 그 물을 향미가 받아 화초에 뿌려준다.

평생 꿈을 이루어본 적이 없는 정 노인의 마지막 꿈.

저녁을 먹었다. 요즘 정 노인은 식사도 전보다 많이 한다. 즐거움이 앞에서 기다리고 있기 때문이었다. 저녁 뒤에 향미와 같이 뒷산으로 산보 가는 일은 무엇보다도 즐거운 일이었다. 저녁식사를 끝내자 정 노인과 향미는 규칙적인 일처럼 뒷산으로 올라갔다. 거기서 그들은 가장 많은 이야기를 한다. 산보도 산보려니와 이야기를 하기 위한 시간일지도 모른다.

"내년 봄에는 중학교엘 들어가는 거지? 삼 년만 지나면 고등학교엘 갈 것이구. 고등학교 졸업하면 어떤 대학엘 가지?"

그날은 이런 이야기부터 시작이 되었다.

"그건 아직 생각 못해 봤어요."

"그래. 바쁘진 않다. 그래두 차차 생각해야 할 일이지."

“대학엔 꼭 가야 하나요?”

“꼭 가야 한다는 법은 없어두 남만큼 배울 건 배워야
지. 그래야 자기가 살아갈 길을 찾게 되는 거 아니냐?”

“여자두 따루 살아갈 길이 있나요?”

“그럼. 여자라구 시집가는 것만이 전부냐? 시집 안
가두 잘 살 수 있는 세상이다.”

“그럼 전 대학엘 가겠어요.”

“대학을 졸업한다구 반드시 결혼 안 한다는 것두
아니야.”

“그래두……”

“그래— 천천히 생각하자.”

아직 결혼 이야기를 들려줄 나이가 아니다. 정 노
인은 그 이야기를 일단 중지하고,

“놀을 봐라. 예쁘지?”

화제를 돌렸다.

“참 예쁘네요. 낮에두 좀 있었으면……”

“밤낮 봐서야 예쁜가?”

“예쁜 거야 언제 봐두 예쁘지요.”

“그런 게 아냐. 무어나 늘 보면 싫증이 나는 법이야.”

“그럼 할아버지는 화초를 매일 보시면서두 왜 언제
나 좋아하시죠?”

“속과 겉이 꼭 같으니까 그렇지.”

“속과 겉이 같지 않은 것두 있나요?”

"대개가 그렇다. 그중에서도 사람이 더하지."

"사람은 왜 그렇죠?"

"본시부터 죄를 쓰구 나와서 그런 거야."

"무슨 죈데요?"

"남을 속이려는 죄."

"우리 아버지와 어머니두 그런 죄를 쓰구 나왔을까요?"

향미는 자기 부모 생각을 하는 모양이었다. 자기를 버리고 어디로 도망간 부모님.

"잘 모르기는 하겠다만 네 부모도 그렇겠지!"

"죄를 쓰고 나오면 자식을 버리나요?"

작년, 향미는 부모를 따라 여행을 떠났다. 사이가 좋지 않아 찌푸린 얼굴만 보이며 살아오던 부모들이 어째서 여행할 생각을 했는지 모른다. 경주엘 간다고 떠나 ○시에서 하룻밤을 잤다. 여관방에서도 아버지와 어머니는 찌푸린 얼굴을 하고 별로 말이 없었다. 그러다가 다음날 그들은 아무 말도 없이 따로따로 나갔다. 그것이 마지막이었다.

정 노인은 그런 사정을 잘 알고 있다. 그래서 향미에게 과거의 일을 회상하지 못하도록 길가에 있는 들국화를 꺾어주며,

"냄새 좋지? 한번 맡아봐라."

하고 이야기를 딴 데로 돌렸다.

향미는 조그만 송이가 다닥다닥 붙은 들국화를 코에다 대고 심호흡을 하듯 냄새를 맡고,

"정말 좋아요."

정 노인의 얼굴을 바라보며 말했다. 마치 정 노인밖에 다른 것은 생각지를 않는다는 듯이.

"우리 저기 가서 앉을까?"

정 노인은 소나무숲이 있고 그 앞에 반듯하게 앉아 있는 두 개의 무덤을 바라보며 말했다.

"할아버지! 다리 아프셔요……."

하면서도 향미는 정 노인을 따랐다. 그리고 무덤 앞 잔디 위에 앉자,

"할아버지, 오늘은 그 뒷이야길 해주세요. 두 번째 부인하구 헤어지셨다죠?"

하고 말했다.

"그래, 해주지. 그렇지만 시시한 이야기야."

정 노인은 하늘을 바라보며 이야기를 시작했다.

해방 뒤 정 노인은 만주에서 벌었던 많은 재산을 그대로 내버려두고 고국에 돌아왔다. 돌아오자 그는 일본 사람들이 쓰고 살던 적산집을 몇 채나 차지했다. 적산가옥을 점유하는 사람은 반역자라고 한편에서 떠들었지만 그는 가옥을 차지하는 것이 반역적 행위라고 생각지 않았다. 일본 사람 때문에 일생을 망쳐버린 생각을 하면 내버리고 도망간 그들의 집에다

불을 지르고 싶은 심정이었다.

스물두 살 때 정 노인은 3·1독립만세 사건을 겪었다. 선봉에 섰던 것은 아니지만 덩달아 대열의 뒤를 따라다니며 만세를 불렀다. 그 뒤 많은 사람이 일본 경찰에 학살당하는 것을 보자 그는 만주로 도망갔다. 잡히기만 하면 자기도 죽고야 말 것 같았던 것이다.

만주에서는 돈버는 것만이 일이었다. 금지하는 척하면서도 방임해 두는 아편장사를 시작했다. 돈이 잘 벌렸다. 그래서 번 돈으로 땅을 샀다. 나쁜 장사를 안 하고도 먹고 살 수 있게 되었을 때 8·15해방이 되었다.

정 노인은 재산을 하나도 가지지 못하고 고국으로 돌아왔다. 토지는 적산이라고 전부 뺐겼던 것이다. 그때는 한국 사람이 일본인 취급을 받았던 것이다. 이래저래 일본 사람 때문에 망했다. 그런 정 노인은 일본인의 재산을 차지하는 데 반역자란 마음이 들 까닭이 없었다.

어쨌든 일본인의 집을 몇 채나 차지했던 탓으로 부자가 되었다. 그래서 그는 다시 결혼을 했다.

만주에서 한 번 결혼에 실패한 일이 있었기 때문에 이번에는 초등학교밖에 나오지 않은 여자와 결혼을 했다. 사십이 넘은 나이였지만 가난한 집 처녀와 결혼을 하고 별일없이 지냈다. 나이의 차가 많았지만 가난한 집 딸이고 학식도 없는 점에서 불평을 말하지 못하는 것이라 생각했다.

정 노인은 어떠한 상태에서든지 사랑을 하게 되면 그뿐이라고 생각했다. 완전한 상태에서보다도 불완전한 상태에서 우러나는 사랑이 귀한 것이라고 생각했다. 그는 부인의 가난한 친정집까지 원조해 주었다. 사랑하는 아내를 즐겁게 해 주기 위해서는 돈도 아까운 줄 몰랐다. 장사를 하여 자립해 보겠다고 할 때는 장사밑천도 주었다.

정 노인이 진심으로 사랑하고 있음을 알았는지 아내는 정 노인을 정성껏 섬겼다. 그것으로 만족이었다. 진심과 진실이 사랑을 이룰 때 그 이상 바랄 것이 없었다. 그런데 뜻밖에도 집에 있는 현금이 그가 모르게 축나고 있는 것을 알았다. 자기 모르게 돈 가져갈 사람이 없는데 이상한 일이었다. 정 노인은 외출할 때마다 현금을 은행에 예금할 줄 몰랐다.

그런데 외출했다 돌아와서 현금을 다시 세어보면 적지않은 돈이 축나 있었다. 누가 왔다간 사람이 없었느냐고 물어보았다. 아무도 없었다고 대답했다. 때로 찾아왔던 사람의 이름을 대기도 했지만 의심할 만한 사람이 아니었다. 정 노인은 아내를 의심하는 수밖에 없었다. 하루는 외출하는 척하고 집 밖에서 망을 보았다. 아내가 외출복을 입고 나갔다. 그 뒤 아내에게 종일 집에 있었느냐고 물어보았다. 아내는 가긴 어디를 가느냐고 딱 잡아뗐다. 그런데 현금도 얼마간 없어졌다.

하루는 아내의 뒤를 밟았다. 사직동 어떤 집으로 가는 것이다. 그 뒤부터 그는 돈을 아내가 모르는 데에 감추어두었다. 그랬더니 아내는 며칠 동안 외출을 안 했다. 외출을 안 하면서 돈 감춘 곳을 알아내려고 꾀를 쓰는 것이 눈에 보였다. 하루는 쌀을 사게 돈을 달랬다. 정 노인이 사온다니까 그런 것을 왜 남자가 사오느냐고 짜증을 부렸다. 자기가 쌀을 사오겠다는 것이 아니라 자기 앞에서 돈을 꺼내게 하고 동시에 돈 감춘 곳을 알아내려 함이었다.

정 노인은 지는 척하고,

"도적이 많아서……."

혼자 중얼거리며 다락으로 올라가 덮지 않은 이불 속에서 돈을 꺼내 쌀값을 주었다. 그러고는 다음날 돈을 거기 놔둔 채 외출을 했다가 돌아왔다. 돈이 또 없어졌다.

참을 수가 없었다. 그날 밤 정 노인은 아내의 멱살을 잡고 숨을 쉬지 못하도록 졸라대며 죽여 버린다고 위협했다. 아내는 자기가 도둑년이냐고 반문했다. 도둑년하고 같이 살았느냐고 대들기도 했다. 그는 도둑년을 사랑했다는 자기가 슬퍼져서,

“누가 도둑질을 했다구 그랬어? 필요한 데가 있으면 그럴 수도 있는 것이니까 어디 썼는가 그걸 알려는 거지.”

하고 말했지만 아내는 입을 열지 않았다. 할수없이 사직동에 사는 사람이 누구냐고 물었다. 이미 조사를 다한 것처럼 묻자 그때야 더 숨길 수가 없다고 생각했던지 전부터 아는 남자라고 대답했다. 정 노인이 가라앉은 목소리로 차근차근 물었다. 아내는 그런 태도에 용서가 있을 것이라고 생각했던지 결혼하기 전부터 사랑했는데 너무나 가난해서 도와준 것이라고 대답했다.

사실을 전부 알자 그는 아내를 자기 집으로 돌려보냈다. 그것이 지금부터 이십 년 전의 일이다.

“그분 지금두 살아 있나요?”

이야기를 다 들은 향미의 물음이었다.

“모르지. 알구 싶지두 않구…….”

“그 뒤에는 다시 결혼을 안 하셨나요?”

“안 했다. 여자가 무서웠다.”

“여자가 전부 그럴라구요.”

“글쎄, 그럴지두 모르지. 세상 인심이 강박해 질수록 진실된 사랑이란 것이 드물구, 그렇게 되면 자연 산다는 것이 두려워지는 거야. 내가 운이 나쁜 사람이라면 셋째 넷째 여자두 다 마찬가지가 될 거 아니냐?”

"그런데 첫째 부인과 둘째 부인 가운데 어떤 분이 그래두 생각이 나세요?"

"글쎄, 첫째 여자는 나보다 학식이 좀 많았다. 그래서 대학교 졸업한 어떤 남자를 좋아하다가 제발루 나갔다. 그러니 나를 경멸하구 간 여자가 아니겠니? 그러니 생각하기두 싫지. 그런데 두 번째 여자는 내가 내보내서 그런 건지, 그렇지 않으면 가난한 애인을 생각하는 마음이 진실된 것이란 생각에서 그런지 어쨌든 그 여자가 아직 머리에 남아 있다."

"우리 아주머닌 좋은 여자죠?"

향미가 이번에는 난데없이 정 노인의 누이동생 이야기를 꺼냈다.

"좋은 여자지. 남편이 싫다구 이혼하잘 때 도장을 찍어주구는 지금까지 그 남편만 생각하며 살구 있으니까. 아마 지금이라도 그 남편이 자기를 찾아오려니 믿구 있을 꺼다."

"그럼 아주머니하구 결혼을 왜 안하셔요?"

"에이, 오빠하고 동생하구 결혼하는 법두 있냐?"

"다 같이 외짝이구 또 같은 집에서 살면서……."

"그래도 그건 안 되는 거야."

정 노인은 향미가 다시 말을 못하게 못을 박았다.

"왜?"

"내가 커서 할아버지를 기쁘게 해드릴게 결혼하지

마셔요."

향미가 이런 말을 할 때 정 노인은 저으기 놀랐다. 그러나 그것이 아무것도 모르는 철없는 애이기에 할 수 있는 말이라 생각하고,

"그래라. 나두 그걸 바라구 있다."

하고 대답했다. 그러면서도 속으로는 가슴이 쓰린 것을 느꼈다. 지금 자기가 향미를 사랑하는 것은 향미의 장래가 아니다. 오직 향미의 현재를 사랑하는 것이다. 향미가 철이 들고 여자로서 성숙하게 되면 그땐 자기 옆에 머물러 있지 않을 것이 뻔하다. 그것은 불을 보는 것보다도 뻔한 일이다. 그런데 향미는 철이 없기 때문에 장래에 대한 일을 장담하고 있는 것이다.

"할아버지, 난 대학에 안 갈래."

향미는 왜 자꾸만 장래에 대한 이야기를 하는 것일까?

"왜?"

"할아버지 첫 번째 부인처럼 되면 어떡해?"

정 노인은 향미의 볼을 꼬집으며 빙그레 웃을 뿐 말을 안 했다. 말이 되지 않는 말이었기 때문이었다. 결혼이 어떤 것인지도 모르며 하는 말.

정 노인은 현재 죽음만을 생각하며 살고 있다. 남아있는 것은 죽음 이외에 아무것도 없다. 그 하나밖

에 없는 죽음 앞에서 죽음을 평화스러운 것으로 만들기 위해 지금 향미를 사랑하고 있는 것이다. 진심으로 사랑하는 마음, 그것만이 사람을 평화스럽게 할 수 있다. 평화를 등지고 살아온 자기로서 마지막 소원이랄 수 있는 죽음 앞의 평화.

그런데 향미는 자기가 언제까지나 살아 있으리라 생각하고 있다. 언제까지나 살 자기를 즐겁게 해줄 것만 생각하고 있다.

"가자—."

정 노인은 자리에서 일어섰다. 향미도 들국화 가지를 들고 걷기를 시작했다. 사슴처럼 깡총깡총 뛴다. 산꼭대기에도 오를 것 같고 하늘에도 오를 것 같았다. 이때까지 한 이야기들은 전부 잊어버리고 속에도 겉에도 때가 하나 없는 솜처럼 둥실둥실 떠오를 것만 같은 향미였다.

"같이 가—."

앞섰던 향미가 뒤돌아서 이번에는 정 노인을 향해 깡총깡총 뛰어왔다. 행복 같은 꽃다발을 한 아름 안고 마중 나오는 것 같았다.

정 노인 앞에 와서도 향미는 선 자리에서 깡총깡총 뛰었다. 즐겁기만 한 모양이었다.

정 노인은 그미와 손을 꼭잡고 뛰지를 못 하게 했다.

'이 순간에 죽었으면……'

하는 생각을 했다.

같이 있음으로 해서 즐거울 수 있는 이 순간. 그것은 순수한 것이요, 깨끗하고 아름다운 것이다. 그런 즐거움 속에서 죽는 것보다 더 평화스런 죽음이 있을까?

'이 자리에서 화석이 되어 버렸으면……'

지금의 감정이 조금도 건드려짐 없게 고통스런 병에 걸리지도 않고 그냥 굳어버렸으면…… 죽음을 갈망하는 마음만으로 또 내일의 삶을 위하여 이 한밤을 편히 쉬지 않으면 안 되었다. 그 잠을 자기 위해 집으로 돌아갔을 때 누이동생이 마당에 있다가,

"뭘 그리 늦게까지 산보하세요?"

혼자 집에서 기다리고 있는 사람도 생각해 줘야 하지 않느냐는 투로 말했다.

"응, 이야길 좀 하느라구……."

그때 향미가 쪼르르 방 안으로 들어갔다. 숙제할 생각이 났던 모양이다.

"너무 정을 주지 마세요. 언제 누가 와서 데려갈지두 모르는 앤데……."

누이동생이 충고의 말을 했다. 오빠를 위한 진심이라고 생각되었다. 사실 그 애 부모가 살아 있는 만큼 언제 와서 찾아갈지 모르는 일이다. 정을 쏟아놓았다가 그런 일을 당하면 슬픔만 크게 될 것이다. 그러나 정 노인은,

"내버리구 간 사람들이 찾으러 올라구?"
하고 누이동생 말을 받아들이지 않았다. 설사 그런
일이 있다 해도 그것을 생각하면서 향미와의 거리를
멀리 할 수는 없었기 때문이었다. 당장 내일 그미의
부모가 찾아온다 해도 그 순간까지 그미를 사랑해야
한다고 생각했다. 설사 부모를 따라간다 해도 향미를
생각하는 마음에만은 변함이 없을 것 같았다.
 "세상 일을 누가 알아요. 핏줄은 핏줄 아녜요."
 "그래두 좋아……."
 "오빠두…… 세상 맛을 다 보시구 또 정을 남한테
줄려구 그러세요?"
 "글쎄 나두 모르겠다. 없는 줄 알았던 정이 어디서
또 생겨났는지?"
 "뭣 땜에 여기루 와서 이렇게 사시죠?"
 "세상의 정을 떠나서 살려구 왔어. 그렇지만 지금
나에겐 죽음만 남아 있어. 그 죽음을 평화스럽게 갖
기 위해 사는 거야. 그것뿐야."
 정 노인은 서울을 버리고 이곳을 내려올 때 자기
인생이 완전히 실패했다고 생각했었다. 아내 문제뿐
아니라 돈 벌던 일도 그릇된 인생의 처사라고 생각했
다. 그러나 지금 그는 옳지 않게 돈벌던 일을 까마득
히 잊고 있다.
 "살 때까지 뿐이에요. 죽으면 모두가 그만인걸. 사

는 것이 죽는 거구 죽는 것이 사는 거야. 죽기까지 우린 삶과 죽음을 구별할 수 없지 않니?"

"죽어두 남는 것은 남지 않아요? 그런 것두 생각하며 살아야지."

무슨 뜻으로 하는 말인지 분명히 알 수 없었다. 그러나 정 노인의 귀에는 남아 있을 자기와 재산문제 같은 것을 생각해 보았느냐고 묻는 것처럼 들렸다.

자기가 죽으면 은행에 저금해둔 돈 삼백만 원과 이 집이 누이동생 것이 될 것이다. 그런데 향미가 자기의 애정을 독차지하고 있다는 데 그 상속에 대한 불안감이 일어난 것이다. 정 노인은 이런 생각이 들면서 누이동생에 대한 혐오감을 느꼈다.

역시 형제간의 애정이라는 것은 순수한 것에 그치는 것이 아니다.

애정 이외의 불순한 무엇이 깃들어 있다.

"모든 재산을 향미에게 주라."

이런 유언을 해 버리리라.

그는 속으로 생각한 것을 입 밖에 꺼내지는 않았다. 아무 말도 없이 있다가 죽기 직전 저금통을 향미 이름으로 바꿔 놔도 될 일이라고 생각하면서— 숙제하는 향미를 지키고 있다가 자리를 깔아 눕히고야 자리에 누웠다. 누웠지만, "내가 커서 할아버지를 기쁘게 해드릴께 결혼하지 마세요"하던 향미의 말을 생각했다.

철없는 애의 말이지만 여러 가지를 생각케 하는 말이었다.

진정으로 자기를 즐겁게 해 준 사람은 한 사람도 없다. 과거가 너무나 외로웠다는 생각이 들었다. 그리고 성숙하지 못한 어린애의 애정이 지금 과거의 외로움을 일소해 주고 있다. 이럴 수도 있을까? 이런 생각을 하며 잠을 못 이루고 있을 때 갑자기 향미가 흐느끼는 것 같았다. 확실히 울음소리였다. 잠 속에서 가위에 눌린 모양이었다. 정 노인이 그미의 몸을 흔들며 가위에서 깨어나게 했을 때,

"엄마! 어디 가 있었어?"

똑똑히 알아들을 수 있는 말을 했다.

"향미야 — 향미야."

정 노인이 안타까이 울음을 계속하는 향미를 마구 흔들었다. 그때야 향미는 눈을 떴다. 그러나 눈을 떴다가는 다시 감으며 정 노인을 외면했다.

"무슨 꿈을 꿨니?"

정 노인이 그미의 어깨를 뒤쳐 자기에게로 향해 눕혔다. 그때야 향미가,

"할아버지!"

하며 벌떡 일어나 정 노인에게 안겼다. 그러고는,

"무서운 꿈을 꿨어요."

하는 것이었다.

정 노인은 향미가 자기 엄마와 만나는 꿈을 꾸고 있었다는 사실을 알면서도 모른 척했다. 어머니 이야기를 꺼내고 싶어 하지 않는 심정을 꼬집어 주고 싶지가 않았던 것이다. 그러나 속으로는 섭섭했다. 거짓말 그것은 나쁘지 않다. 그러나 향미가 평소 어머니를 그리워하고 있던 것만은 사실이다. 자기 애정에만 만족하지를 못 하고 어머니의 애정을 갈구하고 있는 것이다.

그러나 그것도 어찌할 수 없는 일이다. 탓할 수가 없다. 그래서 그미를 베개에 눕히고,

"잘 자."

어깨를 두드려주었다. 측은한 마음이 들었던 것이다. 어머니를 그리워할 나이에 그립다는 말도 못하고 사는 어린애. 정 노인은 자장가라도 불러주고 싶었다.

향미를 잠재우는 동안 그는 옆방에서 자고 있는 누이동생이 이런 인생을 알기나 할 것인가 하는 생각을 했다.

다음날 정 노인은 ○시로 갔다. 매달 한 번씩 나오는 은행 이자를 타기 위함이었다. 지난달 받은 이자로 살림을 하다가 남은 돈을 달리 저금한 뒤 이 달 이자를 타가지고 향미가 다니는 학교로 갔다.

학교로 찾아가는 일이 별로 없었지만 이 달만은 담임선생에게 인사라도 하고 싶은 마음이 있었던 것이

다. 와이셔츠와 넥타이를 사들고 향미의 담임선생님을 만나 수고한다는 감사의 말을 한 뒤 향미가 중학교도 ○시에서 다니겠다고 하더란 말을 전했다. 자기가 보내기 싫어서 안 보내는 것이 아니란 것을 알아달라는 뜻이었다.

○시에는 남자 중고등학교가 둘, 여자 중고등학교가 하나밖에 없는 그리 크지 않은 도시다. 그런 만큼 여학교의 실력도 알 만한 일이다. 그렇기 때문에 돈 있는 집 애들은 서울로 가는 것이 보통인 것처럼 생각되고 있다. 애들뿐 아니라 초등학교 선생들까지 그렇다. 그런만큼 담임선생은,

"장래를 생각하셔야 할 텐데요."

정 노인의 재고를 요구했다.

"글쎄, 그 애가 여기서 공부를 하겠다구 고집하는군요."

정 노인은 입장이 거북했다. 아무리 향미의 의사라고 그것을 강조해도 듣는 사람이 그렇게 듣지 않을 것이다. 그렇다구 자꾸 변명하기도 싫어,

"더 권유해 보겠습니다."

하고는 향미의 하학을 기다려 향미와 함께 거리로 나갔다.

정 노인은 향미를 데리고 며칠 전 맡긴 그미의 양복을 찾으러 양장점으로 갔다. 초등학교 학생에게는

지나치리만큼 고급 천에 눈부신 빛깔이었다. 그러나 정 노인이 상점에서 싸구려 옷을 사주기 싫어 직접 양장점엘 가서 골라준 천이라 향미는 무조건 좋아했다. 정 노인은 향미가 좋아하는 것이 보기 좋아 새옷을 입은 채 집으로 가자고 했다. 향미가 싫다고 할 리가 없다. 헌옷을 싸들고 새 옷차림으로 걸어갈 때 정 노인은,

"꼬까를 입으니까 더 예뻐뵈는구나."

예쁘다는 말에 향미는 더 즐거운 모양이다.

정 노인은 향미가 그리 예쁘지 않아도 좋다고 생각했다. 예쁘지 않아도 귀여워할 수가 있다. 귀여워할 수만 있으면 되는 것이다. 그러나,

"세상에서 제일 예쁘다."

"거짓말! 할아버지두 거짓말 할 줄 아셔."

"내가 왜 거짓말을 하니? 예쁘니까 예쁘다는 거지. 그럼 넌 네가 예쁘지 않다구 생각하니?"

"예쁘지두 않은데 할아버지가 절 좋아하시는 게 이상스러워요."

"글쎄. 난 네가 예쁘지 않다구 생각한 적은 한 번두 없다."

정 노인은 예쁘고 안 예쁜 것이 문제가 되지 않는다고 생각한다. 차라리 박색이 되어 남 대하기를 싫어할 정도라면 향미가 자기를 더 따르리라는 것을 생

각한다. 사실 그는 여러 번 그런 생각을 했다.

"작년 제가 이 길을 걸을 때두 예뻤을까요?"

향미가 작년 거지꼴을 하고 정 노인 집을 찾던 그때를 회상하는 모양이었다.

"그때두 예뻤지. 그러니까 내가 너를 보자 집에 같이 있자구 그랬지."

"그때 할아버지를 가리켜준 사람에게 감사하구 싶어요. 누군진 알 수 없지만……."

"거야 쉬운 일이지. 내 찾아줄까? 바로 아랫동네 사람이라면서……."

"네."

"참, 그때 그 사람이 뭐라고 할아버지 이야길 했다지?"

"시내 사람들이 밥두 잘 안 주고 무섭기만 해서 시골을 찾아간다구 했더니 어떤 아저씨가 할아버지 이야길 하며 찾아가 보랬어요. 가족이 없는 데다가 어린애가 하나두 없으니 친절하게 해줄 거라고……."

"나이는 몇 살쯤 되어 보이던?"

"마흔두 살 넘었을 것 같아요."

"알았다. 내가 가서 찾아볼께, 사람이란 감사할 줄 알아야 하는 거야."

"선물두 사가지구 갈래요."

"그래라. 내가 사줄께."

정 노인은 향미가 더욱 좋았다. 어리면서도 감사할 줄 안다는 것이 얼마나 믿음직스러운 일인가?

향미가 자기를 따른다. 좋아한다. 그러는 것들을 진심으로 믿을 수 있을 만큼 진실한 애라고 생각되었던 것이다.

그들은 손을 잡고 오 리 길을 걸었다. 그동안 향미가,

“할아버지가 매일 학교까지 와주었으면 좋겠네.

이런 말도 했다.

“정말 그럴까?”

정 노인도 그랬으면 좋을 것 같았다. 즐거운 시간을 많이 가진다는 것이 얼마나 행복스런 일인가? 그런데,

“그건 안 돼요. 할아버지두 일을 하셔야지.”

향미가 고개를 살랑살랑 흔들었다.

“너하고 같이 있는 것이 나의 일 전부가 돼두 좋아.”

정 노인이 어린애 같은 말을 했다.

“안 돼요. 남들이 욕할 걸요. 바보라구…….”

“왜 바보야?”

“혼자 학교에두 못 다녀 할아버지하구만 다닌다구…….”

“그럼 어때?”

“싫어요.”

싫다면 할수없는 일이었다. 손톱만큼도 향미가 싫

다고 하는 일은 할 수 없었다.
　"그래라."
　그들이 집 가까이까지 이르렀을 때였다. 향미가 바깥마당에서 빨갛게 매달려 있는 감나무를 보고,
　"감은 언제 먹게 되나요?"
하고 물었다.
　"서리 올 때 먹는다. 그 전에두 따서 침시를 만들면 먹을 수 있지."
　"빨리 익어서 따먹었으면……."
　그때였다. 마당에서도 한참 되는 곳까지 나와 있던 누이동생이 향미를 보고,
　"옷이 그게 뭐냐?"
　정 노인이 예상했던 대로 타박을 시작했다.
　"어때서 그래?"
　정 노인이 그미의 입을 막으려 했다. 그런데도,
　"초등학생은 초등학생다운 옷을 입어야지……."
　"얼마 안 있으면 중학생인데 어때? 내가 고른 것이니까 딴소리 마라."
　누이동생은 입을 닫아 버렸다. 그러나 도대체 오빠의 마음을 알 수 없다는 표정이었다. 표정뿐이 아니었다. 정 노인과 향미의 뒤에 처져서 물끄러미 뒤를 바라보며 고개를 흔드는 것이었다.
　정 노인은 그러는 누이동생를 이해할 수 없었다.

사람이 사람을 좋아하는 데 이상할 것이 무엇인가. 좋아하는 사람을 좋아하게 해 주기 위해서 상대방의 위치에 서서 동등한 감정을 가지는 것이 무어 그리 잘못된 일인가?

노인은 애들을 사랑하는 데도 노인의 위치에 서서 자기 본위의 감정만 표현해야 하는 법이 어디 있는가? 어린애와 같지 않으면 천당에 가지 못한다는 말이 있다.

다음날 아침 향미를 학교에 보낸 뒤 정 노인은 동쪽으로 삼 마장쯤 떨어져 있는 ×부락에 갈 차비를 하고 있었다. 향미와 약속한 사람을 찾기 위함이었다. 옷을 갈아입고 집을 나서려고 할 때 어떤 부인이 찾아왔다. 사십이 채 못되어 보이는 도회지 여자였다.

안마당까지 들어온 그 여자는 주인을 찾는 대신,

"이 댁에 김향미란 애가 있습니까?"

하고 물었다.

정 노인은 육감으로 그 여자가 누구라는 것을 짐작했다. 그래서 생각할 여유를 갖기 위해,

"어디서 오셨습니까?"

하고 그 여자의 신원을 묻기 시작했다. 그런데 그때 누이동생이 가운데 나서서,

"향미 어머니 되시는 분이세요?"

향미가 집에서 살고 있다는 것을 전제로 물었다.

"네, 그렇습니다."

"지금 학교에 갔습니다."

누이동생이 경박하기 때문은 아니었다. 향미를 데리러 온 사람을 반가워하는 심정이었다.

정 노인은 그 여인을 푸대접 할 수가 없게 되었다.

"들어오시지요."

그 여인을 방으로 안내하고 이야기를 시작했다. 처음에는 그 여자가 향미를 버리게 된 동기부터 들었다. 그러면서도 정 노인은 그 여자가 향미를 찾아왔지만 당분간 향미를 그냥 자기 집에 맡겨주었으면 하는 바람을 가졌다. 그런데 여인은 그것이 아니었다.

결혼하고 십이삼 년을 사는 동안 성격이 맞지 않아 이혼할 생각을 늘 가지고 있었다. 그러던 차에 남편에게는 좋아하는 여자가 따로 생겼고 자기에게도 좋아하는 남자가 생겼다. 그래서 이혼하기로 합의를 한 뒤 마지막으로 여행이나 같이 할 예정으로 경주를 향해 떠났다. 그러나 하룻밤 ○시에서 묵는 동안 낭만적인 계획이 지나친 장난처럼 생각되었다. 그래서 경주까지 채 가기 전에 그 계획을 포기하고 각자 자기 갈 데로 가기로 했다. 다만 문제는 향미였다. 누가 데리고 가느냐 하는 문제를 가지고 싸웠다. 각기 새 짝을 갖고 있는 만큼 향미는 누구에게나 방해되는 존재였다. 여자가 먼저 여관을 떠나버렸다. 그 뒤 남자도 향미 모르게 ○시를 떠났다.

그런데 사랑하는 남자에게 갔을 때 상황이 달라졌다. 이때까지 총각인 줄 알았던 남자에게 부인이 있었던 것이다. 얼마를 동거생활하면서 본부인과의 이혼을 요구했으나 그것이 뜻대로 되지 않았다. 그래서 그녀는 남자에게 속았다는 분한 마음에서 그 남자와도 헤어졌다. 그러고는 당분간 혼자 살기 위해 취직을 했다. 취직생활을 하자 향미 생각에 견딜 수가 없어 어제 ○시를 찾아왔고 ○시에서는 초등학교를 전부 찾아 헤메다가 저녁 늦게야 향미의 거처를 알았다. 그래서 지금 향미를 만나기 전 오랫동안 길러준 분들의 양해를 우선 얻고 학교로 갈 차비라는 것이다.

정 노인은 무엇이라고 할 말이 없었다. 향미의 친어머니임에 틀림없는 사람이 향미를 데려가겠다는데 무슨 할 말이 있겠는가?

할 말이 없으면서도 정 노인은 왜 빨리 죽지를 못했던가 하는 생각을 했다. 이런 일을 당하기 전에 죽었다고 하면 자기는 소원했던 대로 생을 끝낼 수 있었을 것이다.

"그럼 지금 학교루 가서 그 앨 데리고 가겠습니다."

여인이 정식으로 정 노인의 승낙을 요청했다.

"좋두록 하십시오."

정 노인은 향미가 쓰던 물건들을 전부 줘야 한다는 것을 생각하며 대답했다.

"고맙습니다. 할아버지."

여인이 새삼스럽게 인사를 했다. 그 인사에 아무 대답도 안 하자 여인이,

"그새 돈두 많이 쓰셨을텐데요. 그 은혜는 차후라도 꼭 갚겠습니다."

송구스러운 태도로 머리를 숙였다.

"그런 말씀은 마시오. 내가 준 것이 있다면 마음이었소. 그것은 은혜로 생각할 그런 것이 아니오."

정 노인은 은혜라는 말이 너무나 세속적이어서 싫었다. 은혜라는 말로 보상될 수 있는 마음이었다면 향미에게 향했던 모든 마음을 송두리채 뽑아 내던지고 싶었다.

정 노인은 담배를 태우기 시작했다.

"서울 가면 편지 잊지 않겠습니다."

정 노인은 그런 말이 귀에 들어오지 않았다. 담배만 태웠다. 한 대를 태우고는 계속해서 새 담배를 꺼내 불을 붙였다. 향미를 기다리며 연속 담배 피우던 그때의 마음하고는 완전히 다른 마음이었다.

마지막이다. 마지막이되 처참한 마지막이다. 이런 생각만이 가슴을 채웠다.

"향미의 옷들을 전부 싸라."

그는 담배를 빨며 그리고 시선은 엉뚱한 데에 두고 누이동생에게 말했다.

"애가 속을 많이 태워드렸지요?"

"……."

"생각했던 것보다 쉽게 찾아서 얼마나 기쁜지 모르겠어요."

"……."

"방학 때에는 같이 놀러 오겠어요."

"……."

모두가 정 노인과는 관계없는 말 같았다. 그래서 아무 대꾸도 안 하고 있는데 여인이,

"오늘루 서울엘 가겠어요. 그럼 안녕히 계세요. 정말 할아버지 은혜는 잊지 않겠습니다."

하고 자리에서 일어서며 핸드백 속에서 돈을 꺼내 놓았다. 물론 많지 않은 것이었다.

"여비가 좀 남을 것 같아 마음 표시루 드리는 겁니다. 올 때 아무것도 사 오지를 못 해서……."

여인이 미안해하며 자기의 정성이라는 것을 보이려고 했다.

"도루 넣으시오."

정 노인이 엄격하게 말했다. 은혜라는 말이 세속적이어서 불쾌했던 것이지만 내미는 돈에는 모욕감까지 느꼈던 것이다.

"적어서…………."

"적구 많구가 문제가 아니오. 돈으루 평가되기가

싫어서 그러는 거요. 어서 넣으시오."
  "그래두 제 성의를……."
  "어서 넣으라니까요."
  정 노인은 여인이 자기 손으로 돈을 집어넣게 하고
야 말았다. 그리고 난 뒤에야,
  "잠깐만 기다려주시오."
하고는 바깥마당으로 나가 감나무의 감을 따기 시작
했다. 반 키쯤 나무에 올라가 큰 것을 골라가며 감을
한 알 한 알 따고 있을 때 정 노인은 자기가 굉장히
높은 나무 위에 올라 있는 것 같은 착각을 느꼈다.
그래서 아래를 내려다봤다. 땅이 까마득하게 보였다.
  '여기서 떨어진다면……'
  떨어지면 죽을 것 같았다.
  '떨어지자.'
  향미가 먹고 싶어하던 감을 따며 죽는다면 자기는,
행복할 것 같았다. 아무런 미련없이 죽을 것 같았다.
  그런데 어느새 나왔는지 누이동생이 나무 밑에서,
  "딴 걸 이리 주세요."
하며 손을 내밀었다. 그만 따라는 것인 모양이었다.
죽을 수도 없게 되었다.
  감나무에서 내려왔을 때 마당까지 나온 여인에게
감을 주며,
  "향미가 먹고 싶어하던 감이오. 침시루 만들어 먹

이시오."

할 때 정 노인의 눈에는 눈물이 피잉 돌았다. 그러고 는 향미를 잘 기르라는 말이라든가 여인에게 잘 가라 는 말도 하지 않은 채 방 안으로 들어갔다.

여인이 돌아가자 그는 얼마 동안 자리에 누웠다. 자꾸만 눈물이 나오려고 했다. 그래서 그는 나무 전 정하는 가위를 들고 나가 나뭇가지들을 전정하기 시 작했다. 아직 전정하기에는 조금 이른 때였지만 무엇 이라도 자르고 싶은 심정이었다.

모든 것을 다 잃어버렸다. 남은 것은 껍질뿐이다.

그 껍질마저 잘라주는 사람은 없는가. 좌우간 잠시 도 쉬지 않고 몸을 놀렸다. 움직이지 않고는 배겨낼 수가 없었던 것이다. 가위로 코스모스를 한 아름 잘 라다가 꽃병에 꽂기도 했다. 봐줄 사람도 없는 꽃이 란 생각이 들 때 장미 가지를 잘랐다. 장미 가시가 손을 찌를 때 아픔을 느끼고는 그래도 자기가 살았다 는 것에 대한 귀찮음을 느꼈다. 그러면서 시간을 보내 고 있을 때 뜻밖에도 향미와 그녀의 엄마가 나타났다.

그를 보자 향미는 달려와 안기며 소리를 내어 울었 다. 향미의 울음소리가 이때까지 참고 있던 그의 슬픔 을 터뜨렸다. 그도 향미를 안고 등을 쓸면서 울었다.

"왜 왔냐? 그냥 가지 못하구……."

정 노인이 일생에서 마지막이 될지 모르는 울음을

마음껏 울었다.
"할아버지."
향미도 오열을 했다.
"향미야—."
그는 향미를 더욱 힘주어 안았다. 순간 그는 또 죽고 싶었다. 향미를 안은 채 죽고 싶었다.
사람은 죽고 싶은 때 복잡한 수속 없이 그냥 죽을 수 있다면 얼마나 행복할까? 그러나 정 노인은 죽어지지 않는 자기 목숨을 슬퍼했다.
"가라. 가야지."
죽지 못하는 것은 결국 이 말을 해야 하는 숙명 때문일까.
"할아버지—."
향미는 간다는 말도 안 간다는 말도 못하고 정 노인을 부둥켜안기만 했다. 누이동생이 그녀를 끌어내지 않았다면 언제까지나 안고 있었을 것이다.
정 노인도 그러고만 있을 수는 없었다. 가야 하는 사람은 보내야 하는 것이었다.
"가자."
그는 향미의 손을 끌었다. 혼자는 차마 떠나가지 못할 향미다. 손을 잡고 배웅해 주는 수밖에 없었다.
들길을 걸으며,
"보고 싶던 엄마한테 가서 잘 살어."

정 노인은 냉정을 되찾은 듯 향미를 달래기도 했다.
이 마장쯤 걸었을 때 정 노인은 갑자기 발걸음을
멈추고,
"어서 가라."
작별 인사를 했다. 정거장까지만이라도 같이 가고 싶
었지만 그럴 수가 없을 것 같았다. 슬픔을 당해낼 것
같지가 않았다.
"할아버지."
발버둥을 치며 울었지만 향미는 자기 엄마 손에 끌
려 걷기를 시작했다.
정 노인은 한 손에 감 보자기를 들고 한 손을 엄마
손에 잡힌 채 뒤를 돌아보며 걸어가는 향미를 멀거니
바라보았다. 잠시 뒤에는 풀밭에 앉아 점점 작아져
가는 그들의 뒷모습에 또 눈물을 흘렸다. 향미가 학
교에서 돌아올 때 마중나가 앉아 있던 곳이었다.
이제는 마중할 사람도 없어졌다.
정 노인은 갑자기 죽음이 무서워졌다. 평화스럽게
찾아오기를 기다리던 그 죽음이 무섭게만 생각되었던
것이다.   (1967년)

외짝 양말들

1

오 박사(오일우吳逸祐)는 공항에 나올 때마다 옛날 학생 시절을 생각한다. 근 오십년 전의 일이지만 보통학교를 졸업하고 고등 보통학교에 입학시험을 치르러 P시에 가던 때부터 고등 보통학교를 졸업한 때까지 오 년 동안 방학마다 그는 말을 타고 P시엘 다녔다. 기차는 물론 버스도 다니지 않던 때라 말을 타지 않으면 종일 걸리는 백 리 길을 걸어가야만 했다. 말 부리는 사람이 채찍으로 신나게 말을 때리면 말이 목에 건 여러 개의 방울을 쩔렁쩔렁 울리며 반달음질로 뛸 때의 기분. 들판 신작로를 지나다가 동네를 통과할 때는 마부가 더 신이 나서 채찍질을 한다. 그러면 말은 머리를 흔들며 방울소리를 요란하게 낸다. 같은 면내面內에서 고등 보통학교에 다니는 애들은 몇 명 되지 않았지만 그중에서도 말을 타고 다니는 학생은 자기 혼자뿐이었다. 얼마나 신이 났는지 모른다.

말을 타고 신이 나서 좋아하던 그때 비행기는 말로만 들었지 구경도 못했었다. 그런데 오십 년 뒤인 지금 한국 사람들은 사실 제트 여객기를 타고 외국을 이웃처럼 다닌다. 공항에서 여자들과 애들까지 비행기를 타고 외국 출입하는 것을 볼 때 오 박사는 한국이 참으로 살기 좋은 곳이 됐다고 생각한다.

그런데 오늘 공항에 나와 딸 마리를 기다리는 동안 오 박사는 여객기에서 내린 손님 가운데에는 한국 사람보다는 외국 사람이 더 많은 것을 보았다. 세관을 거쳐 출영 나온 사람들 틈으로 걸어오는 손님들이 한국 사람보다 외국 사람이 더 많은 것을 보자 오 박사는 혼자 고개를 끄덕였으나 십여 년 만에 만나는 딸의 모습을 찾기에 그런 생각을 오래 할 수는 없었다.

"할아버지. 고몬 왜 아직 안 나와요?"

중학교 일 학년에 다니는 손자 경두敬杜가 비행기 도착 시간이 사십 분이 지나도록 자기 고모가 나타나지 않는 데 답답을 느낀 듯 말했다.

"세관에서 조사를 받구 있는 거겠지?"

"남들은 다 나오는데요."

"짐이 많으면 늦는 거야."

오 박사의 설명에 납득이 갔는지 경두는 더 묻지를 않았다. 사실은 오 박사도 마리가 너무 늦게 나온다고 생각했다. 무슨 짐이 그리 많기에 남들은 쏟아져 나오는데 마리만이 나오지를 않을까? 딸의 얼굴을 보고 싶은 마음이 그를 초조하게 했다. 십 년 만에 처음 보는 딸. 고국 남자와 결혼을 하기 위해 돌아오기에 더욱 대견스러웠다.

"아버님, 저기 나와요!"

경두를 사이에 두고 옆에 서 있던 며느리 옥경玉卿이 어깨들이 걸어나오는 쪽을 보며 말했다. 순간 오 박사도 마리를 보았다. 마음 같아서는 사람들 틈을 부비고라도 앞으로 나아가고 싶었다. 그러나 오 박사는 마리가 가까이 올 때까지 참고 서 있었다.

"고모 멋쟁인데, 엄마……."

고모를 사진에서만 보고 실물을 처음 대하는 경두가 자기 어머니에게 감탄사를 내뱉었다. 옥경이 옆구리를 찌르는 바람에 경두가 몸을 움칠하고는 오 박사를 쳐다봤다. 자기가 혹시 잘못 말한 것이나 아닌가 해서 조금 질렸던 모양이다. 그러나 오 박사는 다가온 딸 때문에 경두를 본 척도 안 했다.

"아버지."

마리가 감격적인 표정으로 오 박사에게 달려왔다. 오 박사는 이런 때 손을 내밀고 악수를 해야 한다고 생각했다. 요즘 세상은 전부 그렇게 되어 있다. 남들이 보는 데서라고 악수를 못할 이유가 없다. 그렇지만 육십하고도 다섯이 된 자기의 체모가 그럴 수 없었다.

"왔구나……."

십 년 만에 만나는 딸에게 할 수 있는 첫인사가 이것뿐이었다.

"아버지!"

마리가 오 박사 품에 안겼다. 오 박사도 마리를 안고 등을 쓸어주고 싶었다. 목구멍이 막히고 눈시울이 뜨거워졌다. 그러나 남들의 시선이 바늘 끝처럼 따갑게 느껴져,

"올케하구 경두가 나왔다."

하며 마리의 어깨를 밀었다. 그러자 마리가 옥경이에게로 가서 손을 부여잡고,

"안녕하셨어요?"

눈물방울이 매달린 얼굴로 활짝 웃음을 보였다.

"먼 길을 오시느라고 고생하셨어요."

정말 오래간만에 만난 사이지만 그들은 인사말을 똑똑히 주고받을 만큼 태도가 분명했다. 그래서 오 박사는 경두에게,

"고모에게 인사를 해야지."

하고 그들의 시선을 경두에게로 끌었다. 경두는 모자를 벗고,

"안녕하세요?"

마리에게 절을 꾸벅했다.

"경두로구나."

마리가 키스라도 할 듯이 경두를 끌어안았다. 누구보다도 마리에게 감격을 준 이가 경두였으리라. 마리가 미국으로 떠날 때 경두는 겨우 네 살밖에 안 되었었다. 그런 데다가 그새 오빠가 죽었다. 오빠의 장례식에도 나오지 못했던 만큼 경두는 마리에게 두 사람 몫의 감격을 주었을 것이다.

"컸구나……."

마리는 경두의 뺨을 만지기도 했고 머리를 쓸어주기도 했다.

2

다음날 오후 오 박사는 학교에서 돌아온 경두를 데리고 서울운동장으로 야구경기 구경을 갔다. 원체 스포츠 구경을 좋아하는 오 박사였지만 생각할 일이 많을 때는 특히 운동장으로 가는 것이 그의 습관이었다. 스포츠 구경을 하는 동안 잡념이 있을 수 없지만 경기를 구경하는 틈틈이 좋은 아이디어가 떠올라 골똘히 생각하던 일의 매듭을 우연히 짓는 수가 많았던 것이다.

오 박사는 마리가 돌아온다는 편지를 받은 뒤부터 마리의 상대가 될 남자에 대해서 많이 생각했다. 그리고 때로는 친구들을 통해 그 후보자를 골라도 보았다. 그러나 마리에게 내세울 만한 사람을 아직 물색하지 못했다. 뿐만 아니라 어떤 종류의 상대가 가장 이상적이라는 원칙도 정하지를 못 했다. 마리가 삼십 이내의 처녀라면 문제가 없겠는데 서른여섯 살이나 됐으니 그 연령에 너무나 제약을 받아 여자로서의 주장을 내세울 수가 없다.

말하자면 적령기를 넘긴 여자의 핸디캡이 너무나 크다는 것을 자인하지 않을 수 없었다. 그런 핸디캡을 가지고는 어떤 남자라야 후보가 될 수 있다는 원칙을 내세울 수가 없었다. 사십쯤 된 총각이 있으면 가장 이상적이겠는데 그런 남자가 있다는 말은 별로 듣지를 못했다. 혹시 있을지도 모르나 그런 나이가 되도록 결혼 못한 사람은 어딘가 결함이 있다. 결함 있는 남자를 미국서 대학 조교수까지 하다가 돌아오는 마리에게 후보자로 내놓을 수는 없다.

사십 대의 남자라면 대개 한 번 결혼했다가 상처를 한 사람이다. 상처를 했다고 해도 전처 소생의 애만 없다면 모른다. 그런 사람이 희소하다. 좀 나이가 아래인 남자라면 얼마든지 있겠지만 그것은 마리 편에서도 불응할 것이고 아무리 미국 교육을 받았다고 하더라도 그런 늙다리 처녀와 결혼할 똑똑한 젊은 녀석은 없을 것이었다. 서로 연애를 하는 경우라면 혹시 남자의 나이가 여자보다 아래라도 관계가 없을지 모른다. 그렇지만 마리는 당장에 중매 결혼을 해야 한다. 그래서 마리가 도착할 때까지 망설이기만 하다가 아무런 결론도 얻지 못한 것이지만 결혼하기 위해 귀국하겠다는 편지를 받은 지 달초가 넘도록 아무런 대책도 세우지 못한 자기가 무능한 아버지 같아서 마리에게 미안했다.

그래서 마리가 은사들과 동창들을 찾아보러 나간 새 오 박사는 혹시 어떤 아이디어가 우연히나마 떠오르지 않을까 해서 운동장엘 간 것이다.

야구는 한·미 친선경기였다. 한국에 주둔하고 있는 미군 부대 중 가장 강한 ××사단과 한국 실업 팀 중에서 가장 강한 ××은행과의 대전은 수많은 관중이 모인 가운데 이미 게임을 시작하고 있었다. 야구의 나라인 만큼 그렇기도 하겠지만 한 개 사단 군인 가운데에서 뽑은 선수로 조직된 팀이 한 나라의 최강 팀과 싸워 이기겠다는 미국 군인 팀을 보자 오 박사는 자기 국가의 미약성을 새삼스럽게 느꼈다. 한국 팀이 이기기를 바라지 않을 수 없었지만 그런 마음을 가지는 자기가 구슬픈 것 같기도 했다.

무승부로 삼 회가 끝나고 미군 팀의 공격이 시작되었다. 오번 타자가 안타를 치고 일루로 나갔다가 이루 스틸을 할 때였다. 한국 팀 캐처가 세컨으로 보낸 볼을 쇼트가 잡아 러너를 아웃시켰다. 심판이 아웃을 선언했을 때였다. 미군 팀 코치가 주심에게 타임을 요청한 뒤 이루로 들어가 심판에게 아웃 선언이 부당하다는 항의를 했다. 그래서 게임이 중단되었다.

결국 심판의 선언대로 러너는 베이스에서 물러나고 게임이 다시 진행됐지만 미군 팀 코치의 항의가 상당히 완강했었다. 그때 오 박사는 상대가 미국 사람들이니 한국인 심판이 굴복하지나 않을까 조마조마했었다. 그런데 심판이 심판의 권위를 끝까지 지키는 것을 보았을 때 그는 스포츠만은 독자의 세계를 가지고 있는 것이라 생각했다.

"할아버지, 미국 사람들이 치사하게 억지를 쓰지요?"

옆에 있던 경두가 못마땅한 어조로 말했다.

"이기는 사람들은 무엇에나 이기고 싶어하니까 그런거겠지."

오 박사는 경두에게 동조하는 것이 그야말로 어른답지 못하다고 생각하면서도 그만 동조해 버렸다.

"억지 쓰는 걸 보니까 지겠는데요."

경두는 앞을 예상하며 말했다. 그 판단이 옳건 그르건 경두는 자기 연령에 어울리지 않게 지각 있는 판단을 내리려는 습관을 가지고 있다. 하나밖에 없던 아들이 남긴 하나밖에 없는 후손이라는 점에서도 귀여웠지만 엉뚱한 판단을 곧잘 내리는 것이 더욱 신통해서 오 박사는 언제나 경두를 데리고 다닌다. 그래서 그랬는지 경두는 오 박사에게 있어서 손자라는 위치를 떠나 때로는 친구와 같은 존재이기도 했다.

삼 년 전 아내가 죽었다. 아내가 죽은 뒤 식구가 많지 않은 집 안이 쓸쓸하기 짝없었다. 그래도 환갑이 지난 만큼 재혼은 생각지도 못했다. 더구나 남편이 죽은지 육칠 년이 되도록 개가를 않고 시가에 머물러 있는 며느리를 볼 때 자기의 재혼은 생각만해도 부끄러운 일이라 여기고 있었다.

그러나 쓸쓸한 것만은 사실이었다. 아내와 같이 쓰던 방이 넓게만 보여 견딜 수가 없었다. 오 박사는 결국 경두를 자기 방으로 데리고 왔다. 자기보다도 더 외로울 며느리에게서 경두를 뺏아오는 것이 잔인한 일 같았지만 머리가 커가는 경두가 독방을 쓰고 싶어하는 기미를 눈치채고 경두의 자유의사에 맡기는 척하며 자기 방으로 이사 오도록 꾀었다. 경두는 독방을 요구하는 눈치였지만 오 박사는 자기 방이 필요 이상으로 넓다는 것, 그리고 식구가 셋밖에 안 되는데 각기 따로 흩어져서 살 필요가 없다는 것을 말해서 은연중 자기 방으로 올 것을 희망했다.

어른 비슷하게 눈치 빠른 경두라,

"할아버지와 같이 있어야 성적이 좋아질 꺼야."

스스로 계산하고 있었던 일인 것처럼 말했다.

"다 잊어버려서 뭘 알아야지?"

오 박사가 겸손한 태도를 취했지만,

"할아버지는 박산데, 나 할아버지한테 영어두 수학 두 다 배울래."

경두는 오 박사를 개인교수로 생각하려는 모양이었 다. 오 박사 방으로 이사하는 구실을 스스로 그렇게 생각하는 것이리라.

어쨌든 경두가 오 박사 방으로 이사를 하자 오 박 사는 덜 고독했다. 밤에 자다가 눈을 떴을 때 경두가 옆에 있는 것을 보면 방 안이 비어 있다는 생각을 안 해도 좋았다. 밥을 먹을 때는 몇 안 되는 식구지만 한 식탁에서 식사를 하는 것이 이 집 습관이다. 그래 서 아내가 죽은 뒤 옆자리가 늘 비어 있던 것을 경두 가 이사온 뒤부터 경두를 그 빈 자리에 앉게 했다.

말하자면 잠잘 때나 밥 먹을 때 아내가 차지하고 있던 자리를 경두가 차지하고 있다.

그뿐만도 아니었다. 오 박사는 경두의 학습을 지도 하는 한편 그에게 바둑을 가르쳐 주었다. 그래서 바 둑 친구가 되고 있는 것이지만 스포츠 구경을 좋아하 는 오 박사를 따라 스포츠 구경을 시작한 경두가 지 금은 오 박사 못지않게 스포츠 팬이 되었다. 그러니 경두는 오 박사에게 있어서 아내보다 더한 존재라고 도 말할 수 있다.

경두가 있는 이상 재혼 같은 것은 염두에도 둘 필요가 없었다.

3

칠 회까지 무승부였다. 팔 회에 접어들었을 때 공격하던 한국 팀의 선수가 투런 홈런을 쳐 단번에 석 점을 얻었다. 한 시즌에 한두 개의 홈런을 치는 박×× 선수였다. 관중석은 야단이었다. 모든 관중이 일어서서 함성을 울렸다. 타자가 홈에 들어올 때까지 앉는 사람이 없었다. 오 박사도 경두도 일어서서 박수를 쳤다. 그대신 미군은 쥐죽은 듯 조용했다. 측은할 정도였다.

"할아버지. 입장료 값는 뺐죠?"

홈런 치는 것을 보았으니 입장료 값은 넉넉하다고 경두가 만족해 했다.

그런데 홈런을 내자 피처를 갈고 다시 경기를 계속하는 미군 팀을 보고 그들이 기력을 잃고 있는 것 같아 오 박사는 약간 미안한 것을 느꼈다. 동시에 며칠 전 시골서 올라왔던 사람의 말이 회상되었다.

오 박사는 서울서 병원을 개업할 때 시골 부동산을 전부 팔았다. 선친들이 전부 돌아갔기 때문에 친척도 별로 없는 고향이다. 그래도 몇 해 전부터 그는 고향 동네와 특별한 관계를 맺고 마을 지도를 하고 있다.

그래서 가끔 고향엘 가기도 하지만 고향 사람들이 오 박사를 찾아오기도 한다.

머칠 전 그곳 이장 곽용대郭龍大가 농협에서 개최하는 독농가 좌담회에 참석차 상경했다고 하며 오 박사를 찾아왔다. 그는 우선 동네 이야기를 했다.

금년은 풍년이 들어 평년보다 이삼 할의 증수를 할 수 있다는 것, 그리고 삼포參圃와 과수원도 다 잘되고 있다는 말을, 그러고는 몇 년 전부터 계획해 오던 기와 올리기 운동은 금년 추석 때까지 일단 끝낼 것을 보고한 뒤,

"추석날에는 공회당에 박사님 사진을 걸구 잔치를 할랍니더. 사진을 한 장 주셔야겠심더"하고 말했다.

"사진은 걸어 뭣 해? 그런 거 싫어하는 줄 알구 있잖아?"

오 박사는 얼마 전 그들이 자기 비석 이야기를 할 때 단호하게 거절했던 일을 생각하며 말했다. 몇 해 동안 물심양면으로 그들을 원조했다. 그 결과 둘째 단계의 목표였던 초가집을 기와집으로 고치기 운동이 끝나가고 있다. 곽용대의 직접적인 지도가 있었기 때문이기도 했지만 오 박사의 발의發意와 그의 경제적 원조가 없이 이루어질 수 없는 일이다.

오 년 전 오 박사는 선영에 성묘를 하러 고향에 내려갔었다. 그때 동네 사람들이 너무나 가난하게 사는

것을 보았다. 일본 사람들의 착취가 없는 데도 가난
이 계속되는 것을 본 뒤 이장 곽용대 씨를 불러 여러
가지 이야기를 들었다.

그때 오 박사는 자기 힘으로 그 동네를 부흥시켜
보겠다는 생각을 했다. 우선 잘살게 하려면 논농사에
만 의지하지 않고 다각적 농사를 짓도록 해야 한다고
생각했다.

그래서 그 고장에서 전부터 해 오던 삼포와 양잠을
부흥시키기 위해 자금을 융자해서 다각농을 장려했
다. 그리고 공회당을 지어주어 정신 계몽의 도장으로
삼게 했다. 그 밖에도 가마니틀이라든가 새끼 기계를
사주어 부업을 장려하기도 했다.

곽용대는 오 박사의 뜻을 받들어 훌륭한 지도자가
되었다. 곽용대의 아들은 청년 운동을 맡고, 오 박사
는 동네 사람들의 생활수준이 조금 높아진 뒤 초가집
들을 기와집으로 개수할 것을 목표로 삼았다. 그래서
작년에는 기와 굽는 가마를 짓도록 하고 거기서 기와
를 굽게 했다.

"칠십 호 전부가 기와집으루 변했심더. 와서 그걸
봐 주셔야 안 하십니꺼."

곽용대는 추석날 자기 동네로 초청할 의사까지 보
였다.

"글쎄, 가고 싶기는 하지만 딸이 미국서 돌아온다

는데 어떻게 될지…….”

오 박사도 그런 때 한 번 가 보고 싶었다.

“꼭 오셔야 쓰겠심더. 동네에는 또 딴 문제가 생겨서요.”

“딴 문제라니?”

“윤씨네와 송씨네가 싸움이 벌어질 것 같습니다.”

“무슨 일인데?”

곽용대가 요새 일어나고 있는 사건을 이야기했다.

“윤송수라 있잖습니까? 글쎄 그 첨지의 딸이 식모살이 한답시고 서울엘 왔다가 내려갔는데 말입니다. 글쎄 깜둥이 자석을 안구 오잖았습니꺼.”

그래서 동네는 그 여자를 내쫓아야 한다고 야단들인데 그중 송씨 가문에서 더욱 소란을 피우고 있다는 것이었다. 윤씨네 집안들은 내쫓으면 어딜 갈 것이냐고 동정적 태도를 취하고 있지만 송씨네 기세에 눌린 윤씨네들은 이장인 곽용대의 선처만을 바라고 있다는 것이다.

그럴 것이다. 순수와 순박을 생명처럼 생각하는 농촌 사람들이다. 만약 송씨네 가문에 그런 일이 일어났다면 윤씨네도 가만 있지는 않을 것이다. 만약 윤씨네 딸이 검둥이가 아니고 황색 애를 낳았다면 내쫓으려는 소동까지는 벌이지 않을 것이다.

옛날 같으면 그런 것도 안 되겠지. 그러나 지금은

농촌 사회에서까지 윤리관이 변해가고 있다. 그런 정도라면 용서까지는 못 해도 묵인쯤은 할 수 있는 정도에 이르렀다.

다만 윤씨네 딸이 낳은 애가 검둥이라는 것이 문제다. 검둥이나 흰둥이나 꼭 같은 것이겠지만 외국인의 피가 섞인 사생아를 농촌에서는 받아들이지 못할 것이다.

그것은 농촌에 국한된 문제가 아니다. 도시에서도 검둥이나 흰둥이는 황색 인종 틈에 끼여 활보를 할 수가 없다. 설사 불의로 태어나지 않고 떳떳한 결혼에서 얻은 애라도 그는 멸시와 천시를 면하지 못할 것이다.

오 박사는 딸 마리가 미국에 가서 십 년 동안 취직해 있으며 귀국하지 않을 때 유색有色 손자를 보지나 않을까 그것을 걱정했다. 죽을 때까지 만나지 않는다면 모르지만 마리가 서양 사람과 결혼을 한 뒤 그래도 고국이 그리워 남편과 자식을 데리고 귀국한다면 혼혈 손자를 품에 안지 않을 수 없다. 혼혈의 어린애를 안고 있는 자기를 상상하기가 싫었다.

다행히 마리는 한국 사람과 결혼하기 위해 귀국했지만 고향 마을에서는 혼혈아 문제로 북새가 일어나고 있다. 그리고 아무것도 모르는 검둥이 애는 치욕과 모멸 속에서 자랄 것이다.

이런 생각을 하고 있을 때 관중들의 박수 소리가
떠들썩했다. 수비를 하고 있던 미군 팀의 외야수가
홈런이 될 뻔한 볼을 점프하면서 용하게 받은 것이었
다. 비록 적수라 해도 그 묘기에 감탄들을 아끼지 않
았다. 그런데 관중의 박수를 받고 있는 미국 선수가
바로 검둥이었다.
　"흑인 중에 천재가 많다지요? 할아버지."
　경두가 물었다. 불우한 환경 속에서 사는 사람 가
운데 우수한 인물이 나온다는 말을 속으로 생각하고
있는 모양이었다.
　"그렇다더라."
　오 박사는 경두의 질문에 긍정을 해주며 곽용대에
게 해 준 자기 말을 회상했다.
　"검둥이라구 죽으랄 수는 없잖아? 동네서 못살게
하면 그 모녀가 어딜 가겠나?"
　다시 양부인 노릇을 하면 몰라도 그렇지 않는 한
그 모녀에게는 갈 곳이 없으리라는 것을 걱정해서 한
말이었다. 좁은 바닥에서 살면 그들의 천대는 더 할
것이다. 그러나 손을 떼고 시골로 간 여자에게 다시
양부인으로 돌아가라는 말은 할 수 없는 것이었다.
　야구경기가 끝났다. 삼 대 이로 한국 팀이 이겼다.
오 박사는 한국 팀이 진 것보다 훨씬 마음이 가벼움
을 느끼면서 집으로 돌아왔다. 그 대신 마리의 결혼

에 대해서는 이렇다 할 아이디어를 조금도 얻지 못했다. 신통한 아이디어가 있을 것 같지도 않았다. 결국 마리와 의논을 하는 가운데에서만이 아이디어가 떠오를 문제라는 생각이 들었던 것이다.

4

집에 돌아왔을 때는 저녁 여섯 시쯤이었다. 아직 채 어둡지는 않았지만 마음이 어수선해지는 시각이었다.

밝음과 어둠의 중간 지대에 서게 되면 한낮에 느끼지 못하던 세월의 흐름을 느끼게 된다. 동시에 시간의 빠름에 아쉬움을 느낀다. 인생의 황혼을 넘어가고 있는 오 박사는 이 밝음과 어둠의 중간 지대를 가장 싫어한다. 어디로 가서 시간이 빠름을 잊도록, 술을 마시거나 그렇지 않으면 다정한 친구를 찾아가 끊임없는 이야기라도 하고 싶어진다.

그러나 오 박사는 이날 운동장에서 바로 돌아왔다. 마리 때문이었다. 하나밖에 없는 자식인 딸을 십 년 만에 만났는데 그미를 잊고 집을 나가 있을 수는 없었던 것이다.

그런데 집에 돌아오자 오 박사는 마리가 벌써 집에 와 있는 것을 보았다. 십 년 만에 왔으니 만날 사람도 많을 텐데 어째서 일찍 돌아왔을까? 오 박사는 딸이 낯설고 소외감에 젖어 아무도 만나기를 싫어하는 것이나 아닌가 생각했다. 노처녀라고 하기엔 너무나 나이를 많이 먹었다. 서른여섯 해를 혼자서 보냈으니 그새 얼마나 고독했을까? 그 고독이 고질화되어 결혼생활을 하면서까지 그것을 버리지 못한다면 부부생활이 불행해지고 말 것이다. 오 박사는 그런 것을 걱정하며,

"만날 사람을 다 만났니?"
하고 물었다.

"모교에 가서 선생님들께 인사를 드리구 몇 명을 만났을 뿐예요."

마리의 대답은 대담했다.

"일찍 돌아왔기에……."

오 박사는 그미가 일찍 돌아온 데 혹시 어떤 연유라도 있음이 아닌가 생각했던 것뿐이라는 자기 변명을 했다. 그런데 마리는,

"한국은 참 좋아요. 오래간만에 만났다구 점심 사주는 사람이 없나 저녁을 먹구 가라는 사람이 없나……."
하고 아주 명랑한 이야기를 꺼냈다.

오 박사는 참으로 다행한 일이라고 생각했다. 외국에서만 살다가 돌아와 첫날부터 제 나라를 싫어한다면 어떻게 할 것인가? 그러나 조국의 좋은 점이 그것뿐이냐는 뜻으로,

"그거야, 보통 아니냐? 서양 사정은 그런 맛두 없니?"
하고 물었다.

"미국에서는 정식으루 초대하기 전에는 그런 일이 없어요. 초대한다구 해서 가보면 겨우 차 한 잔과 과자 한 개 정도가 일쑤이기도 하구요."

"한국 사람들이야. 조금만 친하면 술 한 잔쯤 예사로 사지. 명절이 돼 봐라. 음식을 얼마나 나눠 먹는데……"

"가난해두 인심은 좋은가 봐요."

오 박사는 조국에 대한 좋은 인상을 가졌을 때 그미의 결혼 이야기를 꺼내려고 했다. 어떤 상대를 구하는지 그걸 알아야 내일부터라도 발을 벗고 나설 수가 있다. 그런데 그 말 꺼내기가 힘들었다. 사전 준비를 전혀 해 놓지 않은 미안감 때문이었으리라. 하기는 해야겠는데 그 말을 꺼내지 못하고 있을 때 마리가,

"아버진 병원에 안 나가세요?"
하고 화제를 돌렸다.

"생각나면 가끔 나가지. 그렇지만 이제 진력이 나서 채용한 의사들에게 아주 맡기구 있다."

"그래두 간판은 아버지 이름으로 있잖아요?"

"글쎄 간판까지 떼버릴 생각두 있다만 시설이 아까워……"

“웰(well), 그럼 제가 결혼을 한 뒤 아버지 병원을 맡아보지요.”

“좋지. 나두 일찍부터 그런 생각을 하구 있었다.”

“아 — 대디(dad) 탱큐.”

마리는 오 박사를 쓸어안고 뺨을 부볐다.

오 박사는 마리가 기뻐하는 것은 좋았지만 영어를 써 가며 서양식으로 기쁨을 표현하는 데에는 얼굴을 찡그리면서도 오 박사는 마리의 기뻐하는 틈새를 타서,

“너 교제해 오는 상대라두 있니?”

하고 결혼 이야기를 꺼냈다.

“없어요. 이제부터 만들어야지요.”

마리는 유쾌하게 웃었다. 무척 낙관적이었다.

“그럼 네가 물색할래?”

“아버지가 골라주셔두 좋아요. 사람만 좋으면 연애를 해 보다가 결혼하지요.”

오 박사는 마리가 자기에게 전적으로 의존하지 않는 것이 좋았다. 이때까지 후보자를 물색해 보지 않은 데 대해 크게 미안을 느끼지 않아도 좋을 것 같았다.

“어떤 사람이 좋겠니?”

“사람만 좋으면 되지요 뭐.”

“그래두 조건이 있지 않겠니? 연령이라든가 직업이라든가 가정환경이라든가…….”

“나이는 저보다 위여야 할 거예요. 직업은 가릴 것

없구요. 제가 병원 일을 맡게 되면 남자야 돈이 없어
두 좋지 않을까요?"
　"그런데 말이다."
　마리가 말하는 조건은 모두가 수월하다. 가장 중요
한 것은 미혼을 찾느냐 그렇지 않으면 기혼 남자도
무방하느냐는 문제다. 기혼 남자라면 자식이 몇 정도
가 좋을지. 무엇보다도 그것을 알아야 할 것이다. 그
러나 그 말을 물어보기가 힘들었다.
　"그런데 무슨 말씀이죠?"
　마리는 힘들 일이 하나도 없다는 태도로 반문했다.
　"그런데 말이다, 너보다 나이 많은 남자로 미혼 남
자가 쉬워야 말이지?"
　힘든 말이지만 그는 꺼내고야 말았다.
　"한 번 결혼했던 남자면 어때요."
　"결혼했던 남자라면 애가 있을 거 아니냐?"
　"애는 딴 사람이 기르겠지요, 문제될 것 없잖아?"
　마리는 어디까지나 낙관적이었다. 그러나 오 박사
는 낙관적일 수가 없었다.
　"서양에서야 어떻게 하는지 모르겠다만 우리나라에
서야 애들은 아버지가 맡게 마련이 아니냐?"
　"그럼 고아원 같은 데라도 맡기면 되잖아요?"
　"고아원?"
　오 박사는 마리가 조금 딱하게 생각되었다. 십 년

동안 조국을 떠나 있었다고 해도 조국 사정을 그렇게도 모를 수가 있을까? 고아원이란 의탁할 데가 없는 그야말로 고아들만이 모이는 곳이다. 부모 중 한 쪽만 있어도 자기 자식을 고아원에 보내지는 않는다.

오 박사의 난색한 표정을 보자 마리는,

"남의 애를 기르는 여자가 있어요? 그건 전 못해요."

자기 태도를 명확히 밝혔다. 자애로운 계모 노릇은 할 수가 없다는 것이다. 그렇다면 십 중 칠팔은 결혼이 불가능하다. 전실 자식을 안 보겠다는 여자와 결혼할 남자가 어디 있는 것일까? 그렇다고 해서 외국 물이 든 마리에게 남의 애까지 맡아 기를 수 있는 현모양처가 되라는 말도 할 수가 없었다. 그 대신 자기가 사위를 물색하는 것은 지극히 곤란한 일이라고 생각했다.

"빨리 좋은 사람이 나섰으면 좋겠다."

오 박사는 운명에나 기대하는 수밖에 없다는 생각이었다.

"나서겠지요. 오늘 학교 선생님들한테두 부탁해 놓았으니까요."

은사들에게까지 결혼 상담을 했다는 마리의 대담성에 놀랐지만 오 박사는 자기만을 의탁하지 않는 마리에게 고마움을 느꼈다. 될 수 있으면 마리 자신이 자기의 신랑을 골랐으면 했다.

5

오 박사는 마리의 결혼에 대한 책임감을 전적으로 느끼지 않았지만 그렇다고 모른 척 할 수는 없었다. 부탁할 만한 친구들에게마다 사위감을 부탁했다. 부탁할 때의 조건은 기혼 남자도 무방하나 전실의 애가 없어야 한다는 것이었다. 그런데도 기쁜 소식처럼 말해주는 사람이 소개하겠다는 후보자는 대개 한두 명의 애가 딸렸다는 것이었다. 애가 있어선 안 된다고 말하면 저쪽에서는 으레 애가 하나나 둘인데 어떠냐는 반문이었다. 애도 클대로 다 큰 애니까 있으나마나 하다면서 놓치기 싫은 자리라고도 했다. 오 박사도 큰 애가 하나쯤이면 문제가 안 될 것 같아 그런 후보자를 마리에게 알렸다. 그러나 마리는 애와 같이 사는 것은 절대 반대라고 했다. 그래서 애 없는 홀아비를 구해야 하는데 그런 사람은 일주일이 지나도 나타나지 않았다.

마리도 성급하게 여기저기 쫓아다니며 부탁을 하고 있는 모양이지만 역시 적당한 상대가 나타나지 않는 것 같았다. 마리가 만족해 할 사람이 전혀 없을 것도 아니란 희망을 가지면서 하루하루를 보내고 있을 때였다. 오 박사는 자기 모교를 찾아가기로 마음먹었다. 조금 창피한 일이지만 마냥 기다리고만 있을 수가 없었다. 체면을 볼 때가 아니라 생각했다. 모교에는 교수가 많다. 그 가운데에는 홀아비 교수가 있을 지도 모른다. 나이든 총각 교수도 있을 수 있다. 직접 가서 학장이나 병원장을 만나 부탁해 보자. 학장이나 병원장 모두가 아는 사람이니 사정 이야기를 하면 사위를 구하는 자기 심정을 이해해 주겠지.

조반을 먹은 뒤 집을 나서려고 할 때였다. 며느리 옥경이 와서 손님이 찾아왔다는 말을 했다. 혹시 병원으로 갈 환자가 원장인 자기에게서 진찰을 받으러 직접 찾아온 것이나 아닌가 해서,

"어떤 손님이지?"

하고 물었다.

"애를 업고 온 젊은 여잔데 만나뵙구 의논 드릴 말씀이 있답니다."

"병 때문에 찾아온 사람이면 병원으로 가라지 왜?"

"병 때문에 찾아온 것 같지는 않던데요."

병 아닌 일로 자기를 찾아올 젊은 여자가 있을 턱이 없었다. 그러나 의논할 일이 있어서 찾아왔다는 사람을 만나도 보지 않고 돌려보낼 수는 없었다. 찾아온 여자를 들어오게 했다. 그런데 여자와 동시에 여자 등에 업혀 있는 어린애를 보는 순간 오 박사는 당황하지 않을 수 없었다. 업혀 있는 애가 검둥이었다. 며칠 전 곽용대가 찾아와서 이야기하던 윤 첨지의 딸 바로 그 여자라는 것을 직감했다. 동시에 그

여자가 찾아온 이유를 직감하기도 했다. 귀찮은 일이 벌어지는 것이라 생각했지만 응접실에까지 들어온 그녀를 안 만난다 할 수가 없었다.

오 박사는 그미에게 자리를 권한 뒤,

"망대리에서 온 윤 첨지의 따님이시군요?"

요담을 줄이기 위해서 그미의 일을 이미 알고 있다는 말부터 꺼냈다.

"그렇습니더. 그런데 어떻게 절 아시는기요?"

젊은 여자는 부끄러움도 없이 오 박사를 쳐다보며 물었다. 어딘가 조금 부족한 데가 있는 여자라고 생각했지만 오 박사는,

"일전 곽 이장에게서 이야기를 들었지. 그런데 의논할 일이란 뭐요?"

단도직입적으로 용건을 물었다.

"글쎄 동네 사람들이 죽인다구 못살게 굴어서 쫓겨나지 않았습니꺼? 어딜 가서 살아야 할지 몰라 박사님을 찾아왔심더."

초라한 그미의 몰골에서는 양공주가 발산하는 요염하거나 음탕스런 기미 같은 건 이미 찾아볼 수 없었다.

"글쎄 낸들 어떻게 한담."

오 박사는 책임질 말이 하기 싫었다.

"아버지가 서울 가거든 박사님을 찾아뵈락캤는데 박사님이 모르신다면 어떡하능기요?"

"아버지가 그런 말을 했대두 글쎄…… 내한테 무슨 힘이 있어야지?"

오 박사는 어디까지나 회피할 생각이었다.

"전 죽어도 다시 그런 일 안 할랍니더. 먹구 살게만 해주시소."

양부인 노릇을 하기 싫다는 것이었다. 그러나 정 갈 데가 없으면 그런 데밖에 갈 곳이 없는 여자 같았다. 오 박사는 그미에게 다시 양부인이 되라는 말을 할 수는 없었다. 그래서,

"애를 고아원에 보내구 당신은 어디 식모살이라두 하지."

애도 살고 그 여자도 살 수 있는 방법을 귀뜸해 주었다.

"식모살이는 좋아두요, 애만은 고아원에 못 보내겠습니더. 다시 없을 자식 아닌기요."

"왜 다시 없을 자식이야. 애를 고아원에 보내구 혼자 살면 얼마든지 시집을 갈 수 있을텐데……."

"저 같은 가시나를 누가 얻어갑니꺼?"

"천만에. 못생긴 얼굴도 아닌데……."

"저 그런 말 믿지 않습니더. 한 번 속아보지 않았습니꺼? 어린애를 데리고 살게 해주이소."

"애를 왜 애 아버지한테 보내지 못하지?"

그미는 식모 자리를 소개해 준다면서 동두천까지

데리고 갔던 어떤 남자가 자기 얼굴이 예쁘다고 꾀던
말을 연상하는 모양이었다.
　"애 애비가 어디서 사는지나 아능기요? 훌쩍 떠나
구는 소식도 없는디요?"
　어딘가 모자라는 데가 있는 여자 같았다. 애 아버
지가 분명하다면 떠나갈 때 왜 주소도 알아두지 않았
을까? 그리고 웬만하면 그 남자를 따라갔어야 할 것
이다. 그런데 이 여자는 애 아버지가 어디 살고 있는
지도 모른다는 말을 예사로 하고 있다. 그렇다고 바
보라고 나무랄 수도 없었다.
　"딱하기는 하지만 어떻게 할 도리가 없는데……."
　오 박사는 자기의 힘으로는 어떻게도 할 수 없다는
것을 말했다. 그런데 그미는,
　"전 선생님만 믿구 왔는데요?"
하고 오 박사 이외에는 달리 의논할 데도 없다는 것
을 억지 쓰듯 말했다.
　"그래두 낸들 어떡 허겠나?"
　"박사님만 믿고 안 왔능교?"
　그미는 같은 말을 반복할 뿐이었다. 그때 며느리가
들어왔다. 검둥이를 업고 온 여자니만큼 딱한 사정을
이야기하러 온 것임에 틀림이 없다고 생각한 그미
는 오 박사에게 조언이라도 할 생각으로 들어왔을
것이다.

오 박사는 정말 며느리의 조언이 필요했다. 그래서 젊은 여자의 사정을 설명하고 또 그동안의 대화도 요약해 들려주었다. 그러고는 어떻게 했으면 좋겠느냐고 며느리의 의견을 물었다.

"딱하기는 하지만 어떻게 합니까?"

옥경도 묘안이 없는 것을 고백했다. 그러자 젊은 여자가 옥경에게 향해,

"이 댁에서 식모살일 하게 해주시소."

마치 그걸 바라고 왔다는 듯이 말했다.

"식모가 있는 걸요."

그래두 젊은 여자는,

"이런 댁에 식모가 둘이면 어떻닌교?"

힘들지 않은 일을 힘들게 생각한다는 식으로 말했다.

오 박사는 할수없다고 생각했다. 며칠만이라도 집에 두고 애를 고아원에 보내도록 권유하자. 그 뒤 그미를 쫓아내면 고향 사람들에게 몰인정한 인간이란 오해를 받게 될 것이다. 다만 며칠이라도 묵혀 보내는 것이 마땅할 것 같았다. 그래서 그는 옥경이를 밖으로 불러내어,

"무턱대고 내보내면 또 타락하게 될 거다. 며칠만 묵혀두고 애를 고아원에 보내도록 하자. 네 생각은 어떠니?"

하고 옥경의 동의를 구했다. 옥경이 어찌 아버지의

뜻을 거역할 수 있을 것인가? 검둥이가 눈에 거슬렸지만,

"할수없군요."

자기 뜻도 그렇다는 듯이 대답했다.

옥경과 합의를 보자, 오 박사는 젊은 여자를 맡기고 모교로 갔다.

6

마리가 맨 처음으로 만난 남자는 역시 아버지를 통해 소개받은 S의과대학 조교수인 양성우였다. 삼 일 전 아버지와 S의대 학장이 중간 역할을 해서 만들어 준 자리에서 양성우를 만났고 오늘 두 번째로 만나는 것이었다.

양성우가 자기보다 나이가 겨우 한 살밖에 차이 없다는 것이 약간 불만이었으나 그가 총각이라는 것과 S의대의 조교수라는 것이 마리의 마음을 흡족하게 해 주었다. 안경을 낀 키가 후리후리한 남자로 건강도 좋은 것 같았다.

N호텔 지하실 다방. 높은 테이블과 딱딱한 의자는 잠시 동안 용건을 이야기할 사람들만을 위해 마련된 장소 같았다.

그래도 외국에 다녀온 사람들은 찻값이 월등 비싼 데도 이런 집을 찾아든다.

마리가 다방에 들어섰을 때 양성우는 이미 와 있었다. 그는 마리가 옆에까지 갔는데도 자리에서 일어설 생각을 안 했다. 앉은 채 마리를 쳐다볼 뿐이었다. 여자가 앉을 때는 남자가 의자를 끌어냈다가 앉는 순간 그것을 밀어줘야 하는데 양성우는 미국 유학까지 했다면서 그런 예절을 아는 척도 안 했다.

마리가 의자에 앉자 성우는 그때야 고개를 숙이며,

"지난번엔 실례했습니다."

하고 인사를 했다.

마리는 여자를 존중할 줄 모르는 성우가 못마땅해서 대답도 하기 싫었다. 그래서 입을 다물고 있었는데 성우는 그런 마리의 마음도 모르고,

"뉴욕에 계셨다지요?"

하고 미국 이야기를 꺼냈다. 그러고는 자기도 미국에 간 일이 있다고 하며 뉴욕 어떤 곳에 있었느냐고 물었다. 마리는 묻는 대로 대답했다. 그랬더니,

"좋은 데서 그냥 사시지 뭣 하러 나오셨습니까?"

마치 훈시나 하는 것처럼 말했다. 마리는 아니꼬운 생각이 들었지만 자기 감정을 표면에 나타내는 경박성을 경계하며,

"아무래도 제 나라가 좋지 않아요?"

웃음을 섞어가며 대답했다.

"여자는 대부분 거기서 결혼하구 눌러 산다는데요."

“그런 여자도 많은 것 같더군요.”

“일만 하시느라구 바쁘셨군요.”

비꼬는 말인지 기특해서 감탄하는 말인지 알 수 없는 말이었다.

“결혼을 안 하구 연구 생활을 계속하려 했어요.”

마리는 성우에게 반발하고 싶었다.

“학교에 취직하구 계셨다면서요?”

“취직두 하구 있었지만 박사 코스도 하구 있었어요.”

“그럼 박사학위를 마저 따고 나오실 거 아닙니까?”

“여기서두 논문을 내면 되게 됐어요.”

이렇게 대답을 했지만 성우가 자기를 비판적으로만 보는 것이 싫었다. 그뿐만이 아니었다.

“미국에 오래 있던 사람들은 한국이 못마땅해서 다시 또 가고야 만다던데요.”

그러니까 마리도 또 미국에 갈 것이 아니냐는 듯이 말했다. 결혼하고 머물러 살려는 사람보고 왜 그런 말을 하는 것일까?

마리는 사십을 바라보면서 자기 인생의 고독을 느꼈다. 미국에서 결혼할 생각도 가져보았다. 이왕이면 미국 사람과 결혼하는 것이 좋으리라는 생각도 했었다. 그래서 같은 병원에 있는 미국인 의사와 교제를 했다. 그 남자는 결혼을 신청했다. 마리도 응할까 했지만 아들도 잃고 없는 쓸쓸한 노인 아버지의 일을 업어 말아야 한다는 생각으로 고국에 돌아온 것이다.

고국에 나와 살려면 한국에서 한국 남자와 결혼을 해야 한다. 또 결혼을 하려면 하루라도 빨리 해야 한다. 늙어가는 자기 얼굴이 보기 싫었던 것이다. 그런데 성우는 남의 마음도 모르고 딴소리만 하고 있다.

"전 한국이 그리워서 나왔어요."

그러니까 다시는 그런 말하지 말라는 의미의 말을 했다. 그러고는 성우 이야기로 화제를 돌렸다.

"선생님은 왜 이때까지 결혼 안 하셨어요?"

"다 아실 텐데요."

"짐작은 갑니다만."

"박사 학위를 얻구 또 교수가 될 때까지 공부를 해야 하지 않습니까?"

"그럼 결혼을 좀더 미루셔야 하겠군요."

"너무 늙어가는 것 같아서요. 그리구 학장 선생님이 권하시는 일이라……."

이 말을 듣자 마리는 성우에 대해 환멸을 느꼈다. 학장의 소개니 마지못해 응했다는 것은 겸손도 아무것도 아니다. 한국 사람들은 좋은 일일 경우 그것을 마지못해 하는 척한다. 그것이 무슨 겸손인가? 도리어 상대방에 대한 모독이다.

이야기를 그 정도로 하고 헤어질 때 마리는 속으로 단념했다. 그리고 다방을 나오는데 성우가 먼저 문을 열고 나가버렸다.

그런 경우 문을 밀어 놓고 여자가 먼저 나가게 한 뒤 자기가 나가야 하는 예의도 모르는 남자다. 거리에 나와 그와 작별할 때 마리는 조금도 미련없이 다시는 만나지 않을 것을 결심했다.

7

일주일 이상을 설득시켰지만 동희東姫는 검둥이 딸을 고아원으로 보내는 데 동의하지 않았다. 그것은 하나의 신앙과 같은 것이었다. 죽으면 같이 죽고 살면 같이 살아야 한다는 생각은 어떤 말에도 움직이지 않았다.

그런 만큼 오 박사로서는 그미를 어떻게도 할 수 없었다. 식모 자리를 얻어 내보내야겠는데 검둥이를 떼려고 하지 않으니 누가 그런 여자를 쓸 것인가? 공장직공으로 취직을 시키는 길도 있기는 하겠지만 애를 집에 두고 공장일을 하려면 애 보는 사람을 써야 한다. 공장 직공으로는 그런 비용을 벌어낼 수가 없다. 그러니 막연한 채 동희를 집에 머물게 하는 수밖에 없었다.

그런데 동희는 아무 걱정도 없는 사람처럼 마음 놓고 집안일을 돕고 있었다. 식모와 같이 부엌일을 하는 한편 마루나 방 소제는 식모에 앞서 자기가 맡아

했다. 그뿐도 아니었다. 옥경이 맡아 하던 오 박사 시중을 도맡았다.

아침이면 오 박사가 일어나기가 바쁘게 오 박사 방으로 달려와 이부자리를 개고 세면소로 가서 칫솔에 치약을 쏟아 놓았다. 그러고는 세수하기를 기다리고 있다가 수건을 건네주었다. 어디서 그런 것을 배웠는지 오 박사가 조금도 불편을 느끼지 않도록 물샐틈없는 시중을 들었다. 밖에 나가려면 옷솔을 들고 와서 양복을 쓸어주었다. 현관에 나가면 언제 닦았는지 깨끗한 구두를 바로 놓고 난 뒤 구두칼을 내민다.

갈 데 없고 보낼 곳도 없는 사람이라면 집에 머물게 해서 시중을 들게 해도 무방하지 않을까 하는 생각이 들었다. 아내도 해 주지 못하던 일. 그것을 며느리에게서도 기대할 수 없는 일이었다. 그런 것을 동희가 척척 해내는 것이었다.

보아하니 고민이 전혀 없는 것 같았다. 시집을 가야 한다는 일이거나 혼자서는 살아갈 수가 없을 것이라는 일 같은 것을 생각지도 않는 것 같았다.

그래도 오 박사는 며느리 옥경이가 마음에 걸렸다. 내보내기는 해야 할 여잔데도 결단을 내리지 못해 내보내지 못하는 자기의 나약성이 옥경의 오해를 사고 있는 것이나 아닐까 하는 의구심을 품게 되었던 것이다. 더구나 동희가 여자라는 점에서 더했다. 그미의 전 직업이라든가 또는 교양면을 생각할 때 상대도 안 되는 여자지만 그래도 여자는 여자다.

오 박사는 동희를 증오하거나 경멸하는 태도로 대하고 있지 않다. 아내 이상으로 세심하게 몸시중을 들어주는 데 도리어 호감을 느끼고 있다. 동희 같은 여자만 있어준다면 아내 없이도 생활의 불편을 전혀 모르고 살 것 같은 느낌이었다. 경멸을 표하지 않고 도리어 호감 같은 것을 느끼고 있는 자기를 옥경은 여자의 눈으로 어떻게 볼지 모른다. 여자는 여자에 대해서 눈이 예민한 법이다. 그래서 하루는 옥경을 불렀다.

그러고는,

"내보내기는 해야겠는데 어떡 허지?"

하고 우선 동희 처리에 대한 옥경의 의견을 물었다.

"제가 뭘 알겠어요? 아버님 하시는 대로 따르겠어요."

옥경은 솔직하게 자기 의견을 말하지 않았다.

"아무래도 오래 둬 둘 수야 없잖느냐?"

거듭 물었지만 옥경은,

"아버님 소견대루 하실 일인데요."

하며 대답을 거부하는 태도였다.

"자기 위치를 잊구 안 해두 괜찮을 일까지 하는 경우가 있지?"

어떤 말에도 대답을 회피하려는 옥경의 태도가 수상했다. 역시 걱정했던 것처럼 자기를 의심하는 것이나 아닌가 하는 의구심이 들었다. 그럴 수는 없는 일이었다.

예순다섯이나 된 사람이 다른 사람도 아닌 젊은 며느리에게 오해를 받으며 살 수가 있겠는가? 자기는 동희가 있어서 불편을 안 느낀다는 것일 뿐 그 이상 아무런 감정도 가지고 있지 않다. 그래서 오 박사는,

"나는 고향 윤씨네 집안 체면두 있구 해서 그러니 네가 알아서 동희를 내보내도록 해라."

하고 자기가 동희를 내보내지 못하는 또 하나의 이유를 설명하는 동시 동희 문제를 옥경에게 일임하는 판도를 취했다.

"갈 데 없는 여자를 전들 어떻게 내보내겠습니까?"

옥경이 자기에게는 불가능한 일이라는 듯 말했다.

"이 집안 사람들이 모두 내보낼 수 없다면 누가 그 애를 내보내지?"

"좀더 뒤 두구 때를 기다려야 하지 않겠어요?"

옥경은 시종 소극적이었다. 소극적이라기보다 동희를 내보내는 일에 참여할 생각이 조금도 없다는 태도였다.

오 박사는 그 이상 옥경을 추궁할 수가 없어,

"마리의 말을 들어봐야겠군."

딸의 의견을 듣고 처리할 뜻을 밝힌 뒤 옥경을 내보냈다.

마리도 거의 비슷했다. 그런 여자를 가지고 신경을 쓸 필요가 뭐냐면서 있을 때까지 있게 하다가 내보내라는 것이었다.

옥경과 다른 것은 옥경이가 자기는 모르겠다는 데 비해 마리는 전혀 무관심하다는 것뿐이었다.

자기 결혼 문제로 관심도 없을 것이 사실이었다.

어쨌든 의논의 상대가 안 되는 식구들뿐이니 오 박사로서도 어떻게 할 도리가 없었다. 그중에서도 옥경의 태도가 찜찜했지만 두고 보는 수밖에 없었다.

오 박사는 경두가 그래도 남자니까 의논의 상대가 되지 않을까 생각했다. 경두는 남자일 뿐 아니라 어린 편에 비해 엉뚱한 생각을 곧잘 하는 애다.

저녁 때 경두와 이야기를 해 보는 수밖에 없다고 생각하며 혼자 앉아 있을 때였다.

동희가 노크도 없이 방문을 열고 뛰어들어왔다.

"박사님 큰일 났심더. 애기가 까무라치구 있지 않습니꺼."

무슨 변고가 생긴 모양이었다.

"무슨 일인데?"

오 박사가 물었다.

"빨리 가입시더. 열이 펄펄 끓습니더."

애가 앓는 모양이라 생각되었다. 오 박사는 병원에 가서 진찰하는 일을 그만 둔 지가 몇 해째 되었지만 집 안에 있는 청진기를 찾았다. 그런데 동희는 청진기 찾는 동안도 참지 못해서,

"어서 가입시더."

하며 오 박사의 팔을 잡아 끌었다. 오 박사가 청진기를 찾아 들고 복도를 걸어가는 동안도 동희는 오박사가 발길를 빨리 옮기도록 팔을 끼고 끌다시피 했다. 오 박사는 당황하지를 않고 침착하게 걸었다.

아침에까지도 애가 아프다는 말을 들은 일이 없었다.

어린애가 갑자기 열이 난대도 별 병이 아니리라 생각했던 것이다. 여유있는 마음이어서 그런지 오 박사는 자기 팔을 잡고 가는 동희의 손에서 전해오는 감촉을 느꼈다. 그 감촉에 어떤 쾌감을 느끼고 있는 자신을 발견한 것이다.

순간적으로 느낀 느낌에 그는 자기 비판을 안 했다. 오래간만에 느끼는 여자의 감촉을 아무런 비판없이 향수하는 것이었다. 부드러운 살결을 손으로 쓸어보는 듯한 착각까지 느끼며 역시 여자란 좋은 것이라고 생각했다. 진찰한 결과 열이 좀 높다 해도 기관지염 외에 딴 병이 없음을 알았다.

"걱정하지 마. 감기야."

오 박사는 청진기를 빼면서 말했다.

"그래두 몸이 끓구 젖 먹을 생각두 못하는디유……."

"약만 먹이면 곧 나아."

오 박사는 어린애의 얼굴을 보며 말했다. 과연 까만 얼굴이었다. 어쩌면 그렇게도 까말 수가 있을까? 먹으로 칠을 한대도 그렇게까지 까말 수는 없을 것 같았다. 까만 것과 누런 것 사이에서 나온 것이라면 까망과 누렁의 중간 색이 나와야 할 것이 아닌가. 먹과 물을 섞으면 묽은 색이 된다. 그런데 사람만은 그런 화학적 작용을 일으킬 수가 없는 것인지…….

혼혈아란 정신면에 있어서도 중간 위치에 있을 수가 없는 것일까 하고 생각했다. 아무리 검둥이라 해도 한국에서 한국 어머니 밑에 자란다면 한국적 정신을 가지는 것이 당연할 것이다.

그러나 자기의 얼굴을 볼 때마다 그 애는 한국에서 사는 것을 슬퍼할 것이다. 정신적으로는 자기 얼굴색과 같은 사람들을 동경할 것이 아니겠는가? 애를 위해서는 아무래도 아버지 계통의 인종이 사는 곳으로 보내야 할 것이다.

그런데도 동희는 그런 생각을 안 한다. 인간이 보편적인 그 모성애를 본능처럼 가지고 있다.

오 박사는 혼혈아를 기르다가 미국으로 보내는 사업체를 생각했다. 펄 벅 여사의 재단으로 그런 단체가 있다는 것을 들은 일이 있다. 그 단체에 교섭을 해서 그 애를 미국으로 보내도록 하리라 생각했다.

동희가 말을 안 들을 때에는 강제로라도 보낸다. 그러면 동희가 슬퍼하겠지만 동희는 젊으니까 시집을 가서 아기를 낳게 된다. 그때는 그 애를 약간 잊어버릴 수 있을 것이고 그 애는 자기 얼굴빛과 같은 사람들 사이에서 빛깔의 슬픔을 잊을 수가 있을 것이다.

오 박사는 혼자 그런 생각을 한 뒤 약 처방을 써서 동희를 주었다. 그러자 동희는 앓는 애를 업고 병원으로 가려 했다. 병원이래야 백 미터 정도밖에 떨어지지 않은 곳에 있다.

그러나 오 박사는 주었던 약처방을 도루 내라고 한 뒤,

"앓는 애를 업구 가면 안 되겠는데……."
하고 식모를 불러 병원에 가게 했다. 검둥이 애 업은 여자가 자기 집을 출입하는 것을 남들에게 보이기가 싫었던 것이다.

자기 방으로 돌아온 오 박사는 그 검둥이 애를 완전히 처리하기나 한 것처럼 마음이 홀가분함을 느꼈다. 그런데 학교에서 돌아온 경두는 오 박사가 깜짝 놀랄 만한 말을 했다.

오 박사는 경두의 아이디어를 빌리려 한 것이 아니라 경두가 그새 이를 어떻게 생각했는지 감상을 묻는

정도로 말을 꺼냈던 것이다. 그런데 경두는 놀랍게도,
　"할아버지, 그 애를 왜 죽이지 못하세요? 아무래도 불행해질 앤데 죽이는 편이 그 애를 위해 좋은 일 아녜요?"
하는 것이었다. 일리가 있는 말이었다. 그 애는 어디서 사나 불행한 것만은 사실이다. 죽을 때까지 세상에 태어난 것을 비통하게 생각하며 자기를 낳아준 사람들을 저주할 것이다. 그리고 오 박사 자기는 의사다. 그 애에게는 죽는 약을 아무도 모르게 먹일 수 있다. 그리고 사망진단서를 꾸며서 쓸 수가 있다. 바보스런 동희도 알 까닭이 없다. 그렇게 되면 저주스런 어린애의 일생은 비극이 시작되기 전에 종말을 고하게 되고 동희는 불가항력 앞에 자기 슬픔을 잊게 될 것이다.

　더구나 그 애는 지금 앓고 있다. 식모에 앞서 병원으로 가 자기가 직접 약을 지으면 일은 즉각에 성공하게 된다.

　그러나 오 박사는,
　"너는 무서운 생각을 하는 애로구나."
하고 놀랍다는 표정만을 지었다.
　"할아버지두, 할아버지는 그 애가 살아서 행복해지리라 생각하세요?"
　경두는 오 박사가 도리어 이해가 되지 않는다는 듯

물었다.

"행복할 수 없는 사람은 죽어야 하니?"

"사는 것이 죽는 것보다 불행할 때는 죽는 것이 마땅치 않습니까?"

"그래두 산 생명을 죽일 수는 없는 거야. 생각해 봐라. 세상에 자기가 나오고 싶어서 나온 사람이 하나나 있니? 나올 운명 속에서 태어나온 것뿐이거든. 마찬가지로 한 번 나왔으면 살아야 하는 운명 속에서 또 별수없이 살아야 하는 거야."

"나올 때는 마음대로 나올 수 없지만 죽을 때는 마음대로 죽을 수 있지 않습니까?"

"죽는 것도 마음대로 할 수 없는 거다."

오 박사는 이렇게 경두를 눌러 놓았지만 속으로는 경두의 말을 잊을 수가 없었다.

어린애를 죽이기가 힘들지 않다는 것, 그리고 어린애를 죽임으로써 그 어머니와 어린애와 자신이 행복해질 것이라는 생각 때문이었다.

마약을 적량보다 조금만 많이 먹이면 애는 고통도 없이 죽어간다. 애가 그렇게 죽으면 동희는 운명이라 생각하고 그 운명에 눈을 감을 것이다.

문제는 산 생명에게 치사량의 마약을 먹여 죽게 하는 자기 양심일 것이다. 그러나 사리사욕을 위해 양심을 버리는 것이 아니라면 남을 위해 양심을 꺾는

게 죄악일 수는 없다.

죄악일 수는 없지만 양심을 꺾는다는 것은 쉬운 일이 아니다.

오 박사는 그런 생각을 안 하는 것이 좋으리라고 마음 먹었다.

펄 벅 재단 같은 데에 그 애를 보내면 그 뒤 동희가 괴로워하고 어린애가 불행한 일생을 보내더라도 자기와 상관할 것이 없지 않은가.

그래서 그는 응접실로 가 며느리 옥경을 불렀다. 펄 벅 재단에 보낼 것을 제의하자. 그러면 옥경도 그것을 명안이라고 말할 것이다. 그리고 자기는 옥경에게 그런 말을 한 이상 검둥이 애를 죽일 생각 같은 것을 안 하게 될 것이다.

그런데 펄 벅 재단 이야기를 했는데도 옥경은 시원한 표정을 보이지 않았다.

"대답을 해 봐라. 네 생각은 어떤가."

그래도 옥경은 대답을 하지 않았다.

"내 말에 못마땅한 점이라두 있다구 생각하는 거냐?"

"아닙니다. 참 좋은 방법이라구 생각됩니다."

"그 말하기가 왜 힘이 들지?"

"힘이 들어서 그런 건 아닙니다."

"그럼 뭐냐?"

"…………"

옥경은 대답을 안 했다. 오 박사에게 말 못할 무엇을 가슴에 품고 있는 것이 분명했다.

8

옥경은 점점 말 수가 적어갔다. 같이 있던 경두가 오 박사 방으로 갔으니 같이 이야기 할 사람도 없겠지.

그런데 오 박사와 얼굴을 대할 때도 어려워만 하고 말이 없었다. 그 대신 동희의 수다는 점점 늘어갔다.

평생 자기가 살 집이기나 한 것처럼 집안 살림에 참견 안 하는 것이 없었다. 마치 시어머니 없는 집안의 딸과 같았다.

마리는 점점 손님처럼 되어가고, 오 박사가 물색해 준 양성우가 마음에 안 든다는 말을 한 뒤 몇 남자와 만났다는 이야기를 했다. 그러나 마음에 드는 남자가 있다는 말을 한 번도 안 하는 것으로 보아 제대로 되어가는 일이 하나도 없는 모양이었다.

그러니 집안 분위기가 무거워질 수밖에 없었다. 오 박사는 운동 경기 구경과 바둑에 더 많은 시간을 보냈다.

그날은 어떤 친구를 집으로 오게 해서 바둑을 두고 있었다. 이층 응접실에서 바둑을 두는데 동희가 맥주 두 병을 가지고 왔다. 시키지도 않은 일을 눈치로 해내는 것이었다. 그러고는 십 분도 안 되어 한 번씩

들어와서는 커피를 가져올까요, 과일을 가져올까요
하며 손님대접이 이만저만 아니었다. 같이 바둑을 두
던 친구가,

"식모요? 식모론 아까운 여잔데……."
하며 감탄을 했다.

"식모는 아니구."

"그런 따님은 없을 텐데."

"그냥 기식을 하는 여자지."
이런 이야기를 하다가,

"오형, 왜 장가를 안 드시우? 많이 불편할 텐데."
그 친구가 불쑥 말하는 것이었다.

"여보시오. 망발 작작 하시오."

"늙어 혼자가 더 외롭답니다. 망발은 뭐가 망발이
유? 요즘은 다 있는 일인데……."

"어서 바둑이나 두시오."

그들의 이야기는 그 정도였다. 그런데 바둑 친구가
돌아간 뒤 혼자 자기 방으로 돌아왔을 때 오 박사는
자기에게 너무나 할 일이 없다는 것을 느꼈다. 할 일
이 없다고 느끼는 것 그 자체가 고독이 아닌가 하고
생각했다. 그것은 바둑 친구가 늙어 혼자가 더 외롭
다던 말이 머리에서 사라지지 않기 때문에 생긴 연쇄
작용이 아닌가 생각되었다.

'병원에나 가볼까?'

병원에 나가면 진찰은 안 한다 해도 할 일이 많다. 병원이 잘 정돈되었는가 그것을 살피고 의사와 간호원에게 주의를 시키는 일만 해도 시간 가는 줄을 모를 것이다. 그러나 이때까지 나가지 않던 것을 새삼스럽게 그러고 싶지가 않았다. 새삼스럽게 병원에 관심을 가진 것 같은 인상을 주기가 싫었던 것이다.

잘 되든 말든 일선에서 물러나 여생을 고요하게 보내려던 결심이 무너진 것 같은 인상도 보이기 싫었다. 먹을 만한 재산이 있다. 꽤 큰 빌딩이 두어 개 있고 제이한강교 근처에 땅도 만여 평 있다. 병원 아니라도 넉넉히 살아갈 수가 있다.

시골 고향 사람들이나 원조해 악몽에 잡아넣는 그 구질구질한 환자를 보지 않으리라던 마음이 아직 변하고 있지 않다.

'시골에나 한 번 가볼까?'

오 박사는 갑자기 고향 시골 생각을 했다. 우연한 기회에 원조하기 시작한 그 동네가 지금은 어느 정도 남들이 부러워할 만한 대상이 되고 있다.

칠십여 호의 빚이 근 이백만 원이나 되던 것을 지금은 거의 다 물고 초가집들이 기와집으로 바뀌었다. 남들이 부러워할 만도 한 일이다.

오래간만에 성묘를 갔다가 동네 사람들이 너무나 가난하게 사는 것을 보고 동네 사람들과 이야기하던 끝에 그들을 도와주고 싶은 마음이 생겼던 것이다. 자기가 그 동네를 떠난 뒤 그 동네 사람으로 대학을 다닌 사람이 하나도 없었다. 대학은 고사하고 봉급생활 하는 사람 하나 없었다. 오 박사는 자기가 그 동네서 난 유일의 인물이라고 생각했다. 대단한 인물은 아니지만 경제적 여력이 있기 때문에 그렇게 생각했을 것이다. 좌우간 자기가 그 동네를 도와줄 유일의 인물이란 생각을 하고, 어떤 의무감을 느꼈던 것이다. 그래서 어떻게 도와야 할지 그 방법을 생각했다.

그냥 돈으로 주면 밑 빠진 독에 물을 넣기가 될 것이다. 그래서 생산하는 사람에게 자금을 융자해 생산 의욕을 돋구기로 했다. 다행히 고향은 인삼이 되는 곳이다.

옛날 오 박사의 아버지가 인삼으로 돈을 벌었었다. 그런데 자금이 없어 그 인삼을 하는 사람이 별로 없었다. 그래서 삼포를 장려하고 그 자금을 대주었다. 충실하게 일하는 사람들에게는 이자는 물론 원금도 받지 않을 심산이었다.

오 박사는 그 중 지도적인 곽용대와 의논해서 삼포 말고도 과수원을 장려했고 동네 사람들이 손쉽게 할 수 있는 양잠이라든가 채소의 조기 재배를 장려했다. 그리고 농한기에도 쉬지 않고 일할 수 있는 부업을 장려했다. 사실 그 돈이란 몇백만 원도 드는 것이 아니었다. 그런데 농민들은 융자 받은 돈을 기일 내에 갚는다. 거저 준다는 인상을 주어서는 안 된다는 생각에 최하의 이자와 원금을 받았다.

그러나 그 돈을 딴 데 유용하지 않고 그 동네 분으로 놔뒀다가 필요한 때마다 융자를 해 줬다. 오 박사는 농촌에 투자한 돈을 아주 소비한 재산이라고 생각하고 그 돈을 유용하게 쓸 방법만 생각했다. 그래서 이발소도 만들었고 공회당도 지어주었다. 그리고 기왓가마를 만들어줌으로써 기와를 자급하게 해서 모두들 기와집을 짓도록 했다.

오 박사는 자기가 현지에서 그들을 직접 지도하지 않고도 곽용대 같은 지도자를 통해 그들의 생활을 윤택케 할 수 있었다는 데 대해 만족감을 느끼고 있다. 그리고 자기를 배출해준 그 지방이 자기 힘에 의해 살기 좋은 고장이 되었다는 데 자기 삶의 보람 같은 것을 느꼈다.

그러나 언젠가 시찰을 하러 고향에 갔을 때 고향 사람들이 그에게 국회의원 출마를 종용했다. 자기들이 발벗고 나서면 당선이 가능하다는 것이었다. 그 말을 들은 뒤부터 오 박사는 시찰하기 위해서도 고향에 가는 것을 삼갔다.

어디까지나 뒤에 숨어서 그들을 도와주어야 한다는 생각이 굳었던 것이다. 고마움에 대한 어떤 보답이겠지만 그런 식으로 보답하려는 농촌 사람들을 대하기 싫은 것도 그들을 찾아가기 꺼려하는 하나의 이유일 것이다.

그렇지만 풍년을 맞는 추석에 기와집 완성 축하회를 한다니 이번에야 안 갈 수가 없다. 기와집만으로 된 동네가 보고 싶었다. 초가집만의 농촌에서 초가가 하나도 없는 농촌이 얼마나 보기 좋을 것인가?

그러나 곽용대의 말이 생각났다. 사진을 한 장 달라던 그 말을, 그러니 이번에 내려가면 자기를 임금처럼 떠받들 것이다. 비석 세운다는 말을 다시 꺼낼지도 모른다.

'내년에나 한번 가보자.'

오 박사는 무료하게 방 안을 빙빙 돌았다. 방 안을 돌다가 문득 경두 책상 앞에 멎어섰다. 그리고 책꽂이 위에 놓여 있는 작문 용지에 눈이 갔다. 경두가 쓴 작문인데 그 작문 용지에 빨간 동그라미 셋이 그려져 있었다. 글을 곧잘 짓는 모양이라는 생각을 갖고 그 작문지를 집었다. '나의 집'이라는 제목이었다.

우리 집은 양옥 이층 집이다. 방이 열 개도 넘는데 식구는 단 셋뿐이다. 집이 크니까 식구가 더 적어보인다. 더구나 할아버지한테는 할머니가 없고 어머니한테는 아버지가 없다. 이층에도 양말 한 짝만이 있고 아래층에도 딴 양말이 한 짝만 굴러다니는 느낌이다. 그래도 친구들은 우리 집을 부러워하겠지? 그래서 나는 친구를 우리 집에 한 번도 데리고 가지 않았다. 집이 크고 깨끗하기만 하면 뭣 하는가? 수세식 변소엘 들어가면 너무 깨끗해서 소변 보기가 조심스럽다. 목욕탕이 있으니 싫어도 한 주일에 한두 번은 목욕을 해야 한다. 밤이 되면 도둑이 무섭다고 창문을 꽉꽉 잠근다. 시원한 바람도 쐴 수가 없다. 집은 커서 뭣한담. 외짝 양말 같은 할아버지와 어머니는 잃어버린 한 짝을 찾고 싶어하겠지? 그러는 것이 나의 눈에는 똑똑히 보인다. 그런데 그들은 그 한 짝을 찾으려 하지 않는다. 얼마나 불쌍한 양말들인가. 할머니가 있는 할아버지, 아버지가 있는 어머니였으면…… 가난해도 좋다. 내가 슬퍼져도 좋다. 외짝 양말들이 아니었으면 하고 나는 하나님께 기도드리고 싶은 마음이다.

오 박사는 못 볼 것을 본 듯 작문지를 얼른 제자리에 놓고 책상 옆을 떠났다. 그리고 경두 녀석이 참으로 엉뚱한 생각을 하는 애라는 생각에 다시 놀랐다.
외짝 양말! 특히 자기 어머니를 그렇게 보았을 것이다.
'내가 잘못 생각했었구나!'
오 박사는 이때까지 옥경에 대해 잘못 생각했었다

는 것을 느꼈다. 아직 사십도 못된 여자다. 남편이 죽자 경두를 기르며 개가할 생각을 전혀 안 하는데 오직 감사만 하고 있던 자기가 잘못이었다.

짝지어 줄 생각은 털끝만큼도 안 하고 한국 여자는 옥경과 같은 경우 혼자서 늙는 것이 예사라고 생각했었던 자기가 잘못이었다. 요즘 특히 침울해 있는 것도 결국 혼자 지내는 데서 오는 고독 때문이 아닐까?

경두의 작문을 못 본 척하고 있을 수는 없었다. 다음날 조용한 시간에 옥경을 불렀다. 전부터 이야기를 하려 했으나 이야기 하는 것이 도리어 옥경을 무시하는 일 같아 이때까지 참고 있었다는 말을 한 다음,

"너 나를 생각해서 개가할 생각을 안 하구 있었지?"
하고 옥경이 듣기 좋도록 말했다.

"……."

설사 그랬다고 해도 옥경으로서 대답하기 힘든 질문이었으리라. 오 박사는 옥경의 대답을 기다릴 것 없이,

"내 걱정할 것 없다. 아주 늙기 전에 개가를 해라. 내야 다 늙은 것 불편해서 혼자 못살 일두 없다. 경두두 다 컸으니까 걱정할 것 없구."
하고 구체적인 말을 했다. 그런데 최소한도 한 번쯤은 반대할 줄 알았던 옥경이,

"저도 그렇게 생각하구 있어요."

하고 대답했다. 그렇다면 벌써부터 그런 생각을 하고 있었다는 것이 된다. 오 박사는 저으기 놀랍고 섭섭했다. 자기가 권하려는 일이지만 옥경이 혼자서 먼저 생각하고 있었다는 것은 그에게 크게 실망을 주는 일이 아닐 수 없었다. 그러나 깜짝 놀라거나 섭섭해하는 표정을 지을 수도 없는 일이었다.

"잘 생각했다. 그래 말이라두 있는 데가 있냐?"

"그게 아닙니다. 아버님을 위해 제가 이 집을 나가야 한다구 생각한 것뿐입니다."

"뭐어? 나를 위해서, 아니 너 그런 논법두 있니?"

"백 명의 효자보다 한 명의 악부惡婦가 좋다는 말을 들었습니다. 제가 있기 때문에 아버님이 혼자 쓸쓸하게 사시는 것 같아 나가려는 거예요."

"죽을 날이 얼마 안 남은 내게 열분列婦들 무슨 소용이냐? 그런 생각은 아예 말고 네 앞길이나 생각해라. 이유야 어쨌든 개가만 하면 그뿐이다……."

"개가할 생각은 없습니다. 친정에 가서 살까 합니다."

"그건 안 된다. 개가할 목적이 아니라면 친정에고 어디고 집을 나가지 못한다."

"가서 혹시 마음이 변할지는 모르겠습니다."

"그래? 그렇다면 또 별 문제다만……."

친정에 가서 마음이 변할 수 있다고 하면 동기를 무어라 하든 옥경을 보내야 한다. 자기 때문에 친정으로 간다는 것은 하나의 구실일지도 모른다. 그래서 언제 떠나가도 좋다는 말을 했다.

자기 입으로 친정에 가란 말을 했지만 옥경이 떠날 준비를 하는 동안 오 박사의 마음은 걷잡을 수 없이 아프고 서글펐다. 마음 같아서는 개가를 하지 말고 자기 집에서 경두나 기르며 같이 살자고 붙잡고 싶었다. 그러나 가라고 해 놓고 이제 와서 다시 막을 수는 없었다.

오 박사는 젊음의 고독을 참지 못하는 것이 현대의 윤리라고 생각했다. 그 윤리 앞에서는 의리도 애정도 돌보지 않는다. 외국서 들어온 새 윤리겠지만 그것이 빚어내는 비극이 또 얼마나 클 것인가를 보았다. 옥경의 개가는 우선 경두에게 완전한 고아라는 비극적 운명을 가져다 준다. 옥경이 개가하는 한 경두는 자기가 데리고 있어야 할 것이니까 경두에게는 어머니마저 죽은 것이나 마찬가지가 된다. 살아 있는 어머니를 두고 죽은 것처럼 생각해야 하는 경두의 슬픔이 오죽할 것인가?

그러나 경두를 미끼로 해서 옥경을 붙잡기에는 옛날 도덕의 힘이 너무나 미약하다. 남은 문제는 어떻게 하면 경두의 슬픔을 최소한도로 막을 수 있는가 하는 것 뿐이다. 경두가 불행해서는 안 된다.

그래서 옥경에게 생활비로 예금통장을 하나 새로 만

들어주었고 또 그미가 가지고 갈 짐들을 전부 보내 버린 뒤 오 박사는 경두를 불러 경두의 의견을 물었다.

"어떻게 하겠니? 어미가 내일 아주 떠나는 모양인데 너 울지 않겠니?"

경두는 아무 대답을 안 했다.

"어때, 따라가고 싶으냐?"

그래도 경두는 말이 없었다.

"똑똑히 말해라. 속은 어른이 다 된 애니까 그새 생각했겠지? 어미를 보내구두 할아버지와 같이 살 수 있겠니?"

그때였다. 경두가,

"할아버지가 저라면 어떻게 하시겠어요?"

하고 물었다.

그 말에는 오 박사가 대답을 못 했다.

"할아버지두 엄마를 따라가실 거예요."

정말 예상 못했던 말이었다. 옥경이 할아버지가 혼자 살아야 결혼할 수 있다고 경두의 마음을 꼬였다는 것을 알 턱이 없었다. 그런 만큼 오 박사는 가슴이 썰렁했다. 그러나 경두의 결심이 선 것을 생각하고 자기가 어떻게도 할 수 없는 일이라 마음 먹었다.

"마음대루 해라."

하고 슬그머니 시선을 돌려버렸다.

다음날 아침 옥경 모자가 떠날 때까지 오 박사는

혼자서 울었다. 옥경도 떠나면서 눈물을 흘렸다. 눈물을 흘리며 봉투에 넣은 편지 하나를 주었다. 오 박사는 편지도 읽을 생각이 없었지만 그들이 떠난지 얼마 지나서야 봉투를 뜯었다.

아버님께 드립니다.
제가 개가하기 위해 친정으로 간다고는 생각지 말아 주십시오. 아버님의 외로움을 제 힘으로는 어떻게도 할 수가 없기 때문에 떠나는 것입니다. 동희가 온 뒤 아버님의 얼굴에 약간 생기가 돌고 있음을 발견하고 결심을 한 것입니다. 동희든 누구든 아버님의 마음을 따뜻하게 해 주는 여자가 있어야 합니다. 딸이나 며느리가 아닌 여자를 말하는 것입니다. 그런데 아버님은 제가 있기 때문에 고독을 메꾸시지 못하며 사실 것이 분명합니다. 아버님은 아직 건강하십니다. 원하시면 여자는 얼마든지 있습니다. 하루 빨리 아버님의 고독이 풀리게 되기를 기도드립니다. 외람된 말씀이오나 동희에게 의견을 물었습니다. 동희는 좋다는 뜻을 표했습니다. 제 생각이 아버님을 욕되게 했는지 모르겠습니다만 사람에 빈부귀천이 없을 것 같아 한 번 말해 본 것 뿐입니다. 저의 경거망동을 용서해 주십시오. 언제까지나 아버님께 건강과 행복이 있으시기 비옵니다.

옥경의 편지를 읽자 오 박사는 조금 풀리는 것 같았다. 옥경이 개가를 하기 위해 의리와 애정을 저버리는 것이 아니라는 것을 알았을 때 그래도 의리와 애정이 배신당하지 않았다는 따뜻한 안도감이 들었던 것이다. 그러나 한편 어처구니가 없었다. 동희와 부부관계를 맺는다? 스물두 살밖에 안 되는 동희와 예순다섯 살의 자기. 그런 두 사람이 부부가 되기를 바라서 이때까지 같이 살던 집을 버리고 가다니…… 어처구니가 없어 웃음이 나올 지경이었다. 어처구니 없게 생각하면서도 그래도 자기와 동희를 견주어 보는 오 박사였다.

나이뿐이 아니다. 양부인의 전력을 가진 여자다. 어림없는 일이 아닐 수 없었다. 일단 어울리지 않는 것으로 단정했다. 그런데 옥경이 권유에 동희가 동의를 했다는 말이 머리에 떠올랐다. 그렇다면 자기가 요구만 하는 경우 일은 문제없이 성사한다. 전력이 어떻든 꽃처럼 젊은 여자다. 어디서 그런 젊음을 구할 수 있을 것인가?

양부인이라 해도 자기가 하고 싶어서 한 것이 아니다. 차라리 정을 가지고 결혼생활을 하던 여자보다 나을지 모른다. 검둥이 애가 문제지만 경두 말처럼 그것은 처리해 버릴 수도 있다. 악하게 처리하지 않아도 펄 벅 재단에 보내면 그뿐이다.

　　오 박사는 될 수 없다는 편과 될 수 있다는 편 가운데 자기가 어떤 편에 기울어지고 있는가를 생각해 보았다. 될 수 있다는 편보다 되게 하고 싶다는 편에 가까운 것 같음을 느꼈다. 부끄러운 일이었다. 동희에게 권유까지 했다지만 옥경이 알면 뭐라고 그럴까? 마리는 또 어떻게 생각할 것이고. 시골 고향 사람들이 알면 발칵 뒤집힐 것이다.

9

　　마리가 귀국한 지 한 달도 채 못되는 어떤 날,
　　"저 다시 미국으로 가겠어요."
　　뜻밖의 말을 했다.
　　"그렇게 결심을 했니?"
　　오 박사는 어이가 없었다.
　　"결심을 했어요."
　　"이유는 뭐지?"
　　"한국에는 결혼할 만한 남자가 없어요."
　　"몇 사람이나 만나봤는데……."
　　"어쨌든 한국 남자는 싫어졌어요."
　　"적령기가 지난 너의 조건이 나쁘다는 것을 생각해야지. 좀더 두구 물색해 보면 마땅한 남자가 나올지도 모른다."
　　"소용없어요. 암만 만나두. 한국 남자들은 전체루

에티켓이 없어요. 그리구 이기적이구, 그런 사람과 어떻게 결혼을 해요?"

"어떤 나라 사람은 이기적이 아니냐?"

"미국 사람들두 이기적이기는 해요. 그렇지만 에티켓을 알아요. 그리고 의무감이 강하구요."

"그래두 한국 사람을 일반적으루 예의바르다구들 그러잖니?"

"아무리 예의가 바르면 뭣 해요? 여자를 존중할 줄 모르는데……."

"그래?"

오 박사는 어이가 없어 말을 못했다.

"야만인들이에요."

마리가 흥분해서 울먹이었다. 인격적인 모욕을 당한 모양이었다. 오 박사는 마리가 남자들에게 모욕당했다는 생각을 할 때 가슴이 아팠다. 사회적으로는 아무도 모욕할 수 없는 여자다. 마리가 귀국했을 때 어떤 신문은 그미를 칭찬해서 사진까지 싣고 보도해 주었다.

그런데도 여자로서 또 결혼의 상대로서 남자와 일대일의 교제를 가질 때는 모욕을 당했다. 그것은 서른여섯 살까지 시집을 보내지 않은 자기의 죄다. 만약 마리가 이십 대의 젊음을 가졌다면 누가 그미를 모욕하겠는가? 가슴이 아프지 않을 수 없었다.

그래도 오 박사는 한마디 하지 않을 수 없었다.

"이것만은 알아둬야 한다. 한국 사람과 외국 사람이 다른 점은 애정의 표현 방법이다. 애정 그 자체에는 차이가 없을 것이다. 서양 사람은 애정의 표현을 눈에 드러나게 잘한다.

그런데 한국 사람은 그것을 잘 못하지. 말하자면 형식적인 기교가 부족하다. 그것으로 애정 자체가 부족하다구 생각해서는 안 돼. 몇천 년 동안 한국 여성들두 남자들의 애정 속에서 살아왔다는 것을 알아야 한다. 요즘 여자들이 노출된 애정밖에 볼 줄 모르구 그 이상 볼 생각두 않는 것은 서양식 형식성 때문이다."

"아무래두 좋아요. 전 미국으로 갈 테니까요."

"좋도록 해라. 할수없는 일이겠지."

오 박사는 마리를 붙잡을 수가 없다고 생각했다. 마리는 미국에 가 있는 동안 그가 지어준 이름 혜정惠貞을 마리로 고쳤다. 이름까지 서양식으로 고친 마리가 한국적인 것에 향수를 느낄 까닭이 없다. 결혼 대상으로 남에게 떳떳이 내놓을 수 없게 되도록 시집을 안 보낸 자기의 잘못을 뉘우칠 뿐이었다.

"그럼 미국 사람과 결혼할 셈이냐?"

"그러겠어요."

"점 찍구 있는 사람이라두 있니?"

"있어요, 고국에 가서 아버지 승낙을 받구 온댔어

요. 그러니까 기다리고 있을 거예요.”

오 박사는 그 남자에 관한 것을 물으려 하지 않았다. 너무나 마음이 허전했던 것이다.

“병원이랑 내 재산은 어떻게 하지?”

오 박사는 아버지로서 마지막 말을 물었다.

“경두가 있잖아요? 언제건 돌아온다구 생각해요. 그 애에게 주세요, 그것이 또 당연한 일이니까요.”

재산까지 포기하는 마리였다.

그 뒤에 들은 이야기지만 마리는 여러 남자 가운데서 김연오라는 사람을 좋게 생각했다. 마흔다섯 살인 그는 어떤 대학의 교수였다. 결혼했던 여자가 죽었다. 애는 낳아보지도 못했다. 그래서 몇 번이나 만났다. 김연오도 그미에게 호감을 보였다. 그래서 하루는 길을 걸으며 그의 팔을 끼었다. 보통 있을 수 있는 일이다.

그런데 김연오는 자기 팔을 낀 마리의 손을 잡아내리며 “이건 곤란해”하며 당황하는 것이었다. 혹시 누가 볼까 두려웠던 모양이다. 많은 학생을 가르치고 있는 사람은 남의 이목을 두려워한다. 그러나 마리는 그것을 노상의 모욕이라고 생각했다.

어찌 노상에서 여자를 모욕할 수 있는가? 남의 이목이 무서우면 조용한 자리에서 그런 이야기를 해야 할 것이지 어찌 노상에서 상대를 창피하게 만들 것인가? 노상에서 모욕을 주는 남자하고는 교제할 수가 없다고 생각했다.

양성우에게서 환멸을 느낀 뒤 김연오에게서 모욕을 당하자 한국 남자들에게 정이 떨어졌다. 소위 대학 교수들이 이러니 딴 남자들이야 어떠하랴 하는 생각까지 들었다. 그래서 아예 미국으로 돌아가야겠다고 결심을 하게 됐지만 그런 사유를 듣고도 오 박사는 마리를 붙잡지 못했다.

마리의 머리는 어떤 관념에 고정되어 있다. 그 고정된 관념은 어떤 방법으로도 고쳐질 수가 없다.

10

마리가 떠난 뒤 오 박사는 완전히 혼자였다. 혼자라는 것은 싫었다. 혼자라는 것이 좋은 것이 하나도 없었다. 오 박사는 불나비를 생각했다. 혼자 살아도 살 수 있을 것인데 밝은 빛을 잃고 불로 날아드는 것일까?

오 박사는 마음을 돌려 혼자가 아니라고 생각하며 자위를 해보았다. 아내와 아들은 죽었다 해도 머릿속에 기억으로 남아 있다. 마리가 갔고 옥경과 경두가 갔다 해도 만나려면 얼마든지 만날 수 있는 거리 속에 살고 있다. 거리가 떨어져 있을 뿐이다. 거리가 떨어져 있어도 서로를 생각하며 살고 있다. 그러니 혼자가 아닌 것이 아닌가?

그러나 떨어져 있는 그 거리를 메꿀 수 없다는 생각이 들었다. 거리는 지척이 천 리도 될 수 있다. 그 거리를 무엇으로 메꿀 수 있는가? 역시 고독해야만 했다. 거리를 메꿀 수 없는 고독은 결국 혼자라는 고독과 비슷한 것이었다.

커다란 집이 을씨년스러웠다. 빈 창고들처럼 방마다가 썰렁했다. 오 박사는 빈 궁전에서 혼자 사는 왕을 생각해 보았다. 부족한 것이 없다. 많은 국민이 그에게 존경심을 보내고 있다. 그러나 넓은 궁전 어디를 가도 따뜻하게 웃어주는 사람이 없다. 그는 마침내 유폐되었다는 생각을 할 것이다. 유폐되었다는 생각은 뛰쳐나가고 싶다는 생각으로 비약한다. 거리로 뛰쳐나가 본다. 그러면 국민들은 모두 걱정을 하고 그를 궁전으로 다시 모셔다가 앉힐 것이다. 뛰쳐나갈 수도 없다.

오 박사는 바둑을 두러 나간다. 스포츠 구경을 한다. 유폐된 왕보다 훨씬 자유스럽다. 그래도 외로웠다. 외로움을 느끼고 있을 때 동희가 접근해 왔다. 고마운 일이었다. 자기에게 따뜻함을 주는 오직 한 사람이었다.

"선생님, 옷을 갈아입으시소."

어제 갈아입은 내의를 갈아입으라고 한다.

"그건 자주 갈아입어서 뭣 하니?"

옷이나 자주 갈아입는다고 해서 외롬이 가실 것 같지가 않았던 것이다. 그 대신,

"너 나와 같이 살지 않을래?"

하고 싶었다. 그러나 그 말은 입에서 나오지가 않았다.

"빨리 갈아입으시소. 제가 입으시라 하잖습니꺼?"

동희는 옷을 입혀주기라도 할 듯 손에 든 내의를 내밀었다.

"고맙다."

오 박사는 동희에게 고마움을 느꼈다. 자기를 그만큼이라도 생각해 주는 사람이 동희밖에 없다는 것을 느꼈던 것이다.

"선생님두 고맙기는요?"

동희가 얼굴을 붉히고 고개를 떨구었다.

순간 오 박사는 동희를 끌어안았다. 모든 것을 망각한 감정의 발로였다. 인간을 느끼게 하는 감정 교류를 이겨내지 못했던 것이다.

동희는 손에 들었던 옷들을 떨구었다. 그래도 몸을 움직이지 않고 오 박사 품에서 안정되어 있는 상태를 보였다. 오 박사는 동희의 뺨에서 따뜻하고도 부드러운 감촉을 느끼고는 이것이 얼마만인가 하는 생각을 했다.

그러나 그는 부끄러운 일을 저지른 어린애처럼 동희를 풀어놓고 아랫목으로 가서 벽에 기대어 앉았다.

그러고는,

"갈아입을 게 놔두고 가."

동희를 정면으로 쳐다보지도 못했다.

동희가 나간 뒤 오 박사는 동희를 마음대로 할 수 있다면 외롭지가 않을 것이란 생각을 했다. 동희는 자기가 하자는 대로 해 줄 수 있는 여자라는 생각도 들었다. 빨리 검둥이를 처리하자. 그리고 정식으로 의사를 표명하자.

동희가 나간 지 십 분이나 됐을까 했을 때 오 박사는 다시 동희를 불렀다. 혼자 있기가 싫었던 것이다. 동희가 바쁜 걸음으로 달려왔다. 무엇인가 말을 해야겠는데 할 말이 생각나지 않았다. 할 일도 없이 부른 자기가 우스워 그는 혼자 빙그레 웃었다. 그렇다고 웃고 있을 수만 없어,

"나 커피 한 잔 줄래? 응접실루 갖다줘."

그러고는 응접실로 갔다. 그런데 물 끓이는 시간이 왜 그리 오랠까? 오 박사는 부엌으로 가고 싶었다. 부엌에 가서 동희와 함께 부엌 일을 하고 싶었다.

옛날 신혼 당시 오 박사는 잠시나마 아내와 떨어져 있기가 싫어 부엌에 나가 곧잘 일을 도와주곤 했었다. 그때 아내는 부엌엘 다 나오느냐면서 빨리 들어가라고 했지만 역시 같이 있어 주는 것을 좋아했었다. 동희도 그럴 것이다. 그러나 주책이란 생각이 들

었다. 주책을 부릴 수는 없었다.

동희가 커피와 케이크 한 개를 가지고 왔다. 시키지도 않은 케이크까지 가지고 온 동희의 따뜻한 정을 느끼며,

"이건 동희 먹어."

하고 케이크를 동희에게 주었다.

"어서 잡수시소. 저야."

"아니다. 난 안 먹어. 어서 받어."

오 박사가 내밀어주었다. 동희는 할수없이 받았다. 그래도 그 자리에서 먹을 생각을 안 했다.

"여기 앉아서 먹어."

오 박사는 동희의 손을 잡아 소파에 앉혔다.

그날 밤 동희가 자리를 펴려고 방에 들어왔을 때 동희가 있는 데서 잠옷을 갈아입었다. 그러고는 자리를 다 깔아놓고 나가려는 동희를 불러 요 위에 앉혔다. 부끄러워 하는 동희를 그냥 끌어안았다.

"이래서 되겠습니꺼?"

동희는 아무 반항을 하지 않았다.

11

다음날 아침 식상을 들고 들어온 동희를 옆자리에 앉힌 오 박사가,

"이젠 나하구 같이 사는 거다."

그것이 기정 사실인 것처럼 말했다.

"그래도 되겠습니꺼?"

동희는 차마 자기가 바랄 수 있는 일이냐는 듯이 말했다.

"이제 할수없는 일 아니냐? 마음 놓구 살두룩 해."

"……."

"아기두 내가 잘 길러줄 테니까……."

"네?"

동희는 놀라는 눈으로 오 박사를 쳐다봤다. 사실 놀라운 일이었다. 오 박사 자신도 그런 것을 생각해 본 적이 없었던 일이다.

그러나 생각해 본 적도 없는 일을 밤 사이에 결정한 데에는 오 박사대로의 이유가 있었다. 동희를 범하고 나자 그는 인생을 새로 맞이하는 것 같은 희열을 느꼈다. 절대로 놓치고 싶지 않은 새 인생이었다. 말하자면 동희를 놓치고 싶지가 않았던 것이다.

그런데 어린애를 펄 벅 재단에 맡기면 동희가 자유로운 몸이 된다. 검둥이를 눈 앞에서 없애는 것은 어떤 면으로든 좋은 일이다. 그러나 동희가 자유의 몸이 되면 자기를 떠날 가능성이 있게 된다. 어떤 기회에 어떤 남자와 눈이 맞아 도망칠지 모른다. 아무도 보장할 수 없는 일이다.

오 박사는 밤새 생각했다. 동희를 놓치지 않는 길

은 검둥이 어린애를 데리고 같이 사는 것뿐이라고, 그 어린애와 같이 사는 한 동희는 아무한테도 갈 수 가 없을 것이다. 남들이 보지 않게 밖에 내보내지를 않고 집 안에서만 기르자. 그러면 아무도 알 사람이 없다. 그새 동희가 자기 애를 낳게 되면 그미의 애정 이 새로운 애에게로 쏠린다. 그때쯤 해서 검둥이를 펄 벅 재단에 보내자. 그러면 동희도 덜 섭섭해 할 것이요. 새로 난 애 때문에 딴 데 갈 생각을 안 할 것이다.

"모든 걸 내게 맡겨. 동희가 슬프지 않게 해 줄 테 니까⋯⋯."

"제가 뭘 압니꺼?"

동희는 시키는 대로 할 뿐이라는 태도였다.

"그러니까 오늘부턴 식모가 아니라 이 집 주인 행 세를 하란 말야. 알았지?"

"그래서 되겠습니꺼?"

"안 될 거 하나 없어."

이렇게 해놓자 오 박사는 자기가 혼자가 아니란 생 각을 했다. 조금도 외로운 사람이 아니라는 마음이 들었다.

오늘 운동경기는 없는가? 그는 스포츠 구경하고 싶 은 생각이 들어 신문을 뒤적였다. 오늘이 바로 아시 아 여자 농구경기가 있는 날임을 알자 그는 신나는 게임을 보게 되었다고 혼자 즐거워했다.

오 박사는 장춘단 체육관으로 가려고 할 때 뜻밖에도 경두가 찾아온 것이었다.

"경두가 왔구나."

그는 경두를 얼싸안았다. 자기를 떠나간 경두를 오래간만에 만났는데도 오 박사는 조금도 역겨워하지 않았다. 그저 반가울 뿐이었다.

"엄마두 잘 있니!"

"네!"

"새 아버지 얻는단 말 없던?"

"그런 말 못 들었어요. 저두 속으로는 그러길 바라구 있는데."

"그게 정말 네 진심이냐?"

경두는 잠시 묵묵히 있다가,

"모르겠어요."

하고 대답했다. 오 박사는 경두의 마음을 알 수 있을 것 같았다. 그래서

"새 아버지를 얻기는 얻어야 할 텐데……."

할 뿐 그 이상 더 말을 못했다. 어머니가 새 아버지를 얻었으면 하고 바라는 마음과의 비중을 스스로 헤아리지 못하는 경두에게 확고한 자기 태도를 밝힐 수가 없었던 것이다.

모르기는 하지만 어머니가 개가하지 않는 것을 바

라는 것이 경두의 진심일 것이다. 진심인데도 그것을 감추고 어머니의 개가를 바라는 듯 말했다가 할아버지가 추궁하는 바람에 확답을 못하는 경두의 마음을 더 괴롭힐 수가 없어 오 박사는,
"바둑이나 둘까?"
하고 화제를 돌렸다.
"오늘 여자 농구경기가 있잖아요?"
경두는 그것을 구경하기 위해 오 박사를 찾아온 모양이었다.
"사실은 거길 갈까 하구 나가려던 참이다. 가자."
그래서 그들은 장춘단 체육관엘 가기로 했다. 외출복을 갈아입기 시작할 때 오 박사가 동희를 부르려 했다. 외출한다는 것도 알려야 하지만 옷을 갈아입는 데 시중을 들어주었으면 하는 생각 때문이었다. 그러나 경두에게 눈치를 보일 수가 없어 그는 혼자 옷을 갈아입고 방을 나섰다. 현관에 나설 때야 동희를 불러 잠간 나갔다오겠다는 말을 했다. 그런데 동희는 현관 바깥까지 따라나오며 돌아서서 저녁을 잡숫겠느냐 물은 뒤 안녕히 다녀오라고 인사를 했다. 그때 오 박사는,
"와서 먹구말구. 두어 시간 뒤 올게."
하고 대답했다. 오 박사는 식모를 대하는 것과 같은 태도로 말했으나 경두가 달리 눈치채지나 않았을까

약간 마음이 캥겼다. 그런데 택시 안에서 경두가,
　"엄마가 할아버지 결혼하셨나 살펴보구 오랬어요."
하고 오 박사를 빤히 쳐다봤다. 아무래도 어떤 눈치를 챈 모양이었다.
　"그래 살펴봤니?"
　"살펴봤는데두 잘 모르겠어요."
　"할아버지가 결혼을 할 것 같으냐?"
　"하셔야 한다구 그러던데요. 엄마가."
　"네 생각 말이다."
　"제가 어떻게 알아요?"
　"다 늙은이가 결혼이 뭐냐? 안 그래?"
　"제가 알아요?"
　경두는 자기 어머니가 재혼 안 하기를 바라듯 할아버지도 결혼 안 하기를 바랄 것이다. 그런데도 모른다고 대답을 회피한다. 오 박사는 이야기하기가 난처했다. 그래서,
　"엄마가 살펴보라구 했다면서 넌 왜 할아버지한테 그걸 직접 물어보지?"
하고 이야기의 방향을 돌렸다.
　"할아버지한테 숨기고 싶지가 않아서요."
　"기특하다. 가서 그런 것 같지 않더라구 말해라."
　"할아버지, 그런 거 안 하시죠?"
　경두가 묻는 말투로 그것이 그의 희망이라는 것을

알 수 있었다. 그런 희망을 가진 경두에게 실망을 줄 수가 없어 오 박사는,

"걱정마라."

하고 안심시키는 말을 했다. 눈 앞에 있는 경두에게 실망을 주지 않으려고 거짓말을 꾸며대기는 했으나 탄로되고야 말 거짓말에 오 박사는 스스로 불안을 느꼈다. 어린애에게까지 거짓말을 하지 않을 수 없는 떳떳지 못한 자기의 내면생활, 그 속에서 동희를 남에게 뺏기지 않기 위한 흑막까지 들어 있다.

체육관에 들어가 열띤 경기를 구경했지만 이날처럼 경기에 집중할 수 없는 날이 없었다.

12

다음날 오 박사는 동희의 애를 딴 방으로 격리시켰다. 식모의 방을 이층 가장 구석진 방으로 옮기게 하고 동희의 애를 거기서 재우게 한 것이다. 어떤 방에 든 집 안에 있게 하기야 마찬가지지만 신경을 덜 쓰기 위함이었다. 이때까지는 동희와 검둥이 애를 자기 방에서 자게 했었다. 검둥이를 볼 때마다 그렇게 유쾌한 것은 아니었지만 그럴 수밖에 없다고 생각했던 것이다.

그런데 경두에게 거짓말을 한 뒤 검둥이 애를 보는 것이 두려워졌다. 그 애를 볼 때마다 거짓말 한 자책

이 짙은 색으로 변했다. 차라리 그 애만 보지 않아도 조금 나을 것 같았다. 그래서 동희에게는 두 사람의 생활을 좀 자유스럽게 하기 위한 것이라고 위장을 한 뒤 애를 격리시켰다. 그리고 될 수 있는 대로 떨어진 방에 두는 것이 신경을 덜 쓸 것이 아니냐고 이층 구석방으로 보낸 것이지만 오 박사의 속셈은 어린애의 울음소리가 밖에서도 들리지 않게 하고 싶는 데 있었다. 애가 아래층에 있으면 아무래도 집을 찾아오는 사람들에게 발견되기가 쉽다. 좌우간 자기 집에 검둥이가 살고 있다는 말이 밖에 새어 나가지 말기를 바라는 마음이었다. 애기가 아니고 어른이라면 깊숙한 방에 가두고 그 방을 유폐했을지도 몰랐다.

그런데 동희는 오 박사가 시키는 대로 할 뿐 아무런 말이 없었다. 말이 없는 것은 불만이 있기 때문이 아니었다. 그제서야 오 박사가 어린애에게 신경을 쓰고 있다는 사실을 알았기 때문이었다. 오 박사가 그 애를 안아주거나 귀여워하는 것을 한 번도 본 적이 없었다. 그러나 그러면 그러는 거지 정도로밖에 생각되지 않던 것이 오 박사와 한방에서 자게 될 때부터 오 박사의 눈치를 살피게 되었다. 검둥이가 아니라 해도 남의 애를 옆에 끼고 자는 것이 좋을 까닭이 없다.

말로는 그 애를 그냥 데리고 있으라 하지만 그 애 때문에 자기가 쫓겨나지 않을까 하는 걱정이 들었다.

쫓겨나기는 싫었다.

동희는 시골서 송씨네들이 자기 아버지를 못살게 굴던 일들을 생각했다. 별별 사정을 다 해보았지만 아버지를 때리기라도 할 듯이 떠들어대던 송씨네들. 동희는 무서워서 방 안을 한걸음도 나가지 못했었다. 그런데 나중에는 어린것을 죽인다고·대드는 것이 아닌가? 동네에서 나가지 않으면 검둥이를 죽이겠다는 것이었다. 방 안에서 듣기만 했지만 그런 말을 하는 송씨네들은 손에 몽둥이를 쥐고 있는 것 같았다. 동희는 어린애도 또 자기도 맞아 죽는 것이라 생각했다.

다음날 새벽 아직 동네 사람들이 기동하기 전 동희는 애를 업고 동네에서 빠져나왔다.

"서울루 가거라. 오 박사를 찾아가서 의논을 해봐라."

동구까지 나와 귓속말처럼 하던 아버지의 목소리가 귀에 쟁쟁했다.

꿈에도 생각지 못했던 오 박사가 자기를 좋아하고 있다. 고대광실 같은 집에 부족한 것이 하나도 없다. 이래라 저래라 잔소리 하는 사람 하나 없다.

이 집에서 또 쫓겨나다니.

그렇지 않아도 동희는 오 박사의 집에 온 날부터 쫓아내지만 말아주기를 바라는 마음에 시키지 않은 일까지 했다. 잠을 자지 않고라도 시키는 일만 있으면 하려고 했다. 그런데 오 박사가 어린애를 식모 방에서 재우라고 한다. 명령에 거역할 수는 없었다. 그렇지만 그것은 오 박사가 어린애를 미워서 그러는 거다. 조금 있으면 애도 내쫓기고 자기도 내쫓을 것이다.

그날 밤 동희는 오 박사 품속에 있었다. 오 박사가 따뜻한 손으로 동희의 등을 쓸어주었다. 등뿐 아니라 온몸을 쓸어주었다. 그러고는 동희를 꼭 껴안아주는 것이었다. 동희는 오 박사의 손길이 가는 곳에서 따뜻함을 느꼈다. 그러면서 이분이 나를 내쫓으면 하는 생각을 했다.

"애기를 어디다 줄 데는 없겠습니꺼?"

그녀의 입에서 이런 말이 나왔다. 그때 오 박사가,

"안 돼, 줄 데가 어디 있어?"

무서웁도록 딱딱하게 말했다.

"왜 없을라요? 선생님두……."

그때 오 박사는 팔에 힘을 주어 동희를 끌어안았다. 그러고는,

"선생님이 뭐냐? 밤낮 선생님인가?"

하고 이야기를 딴 데로 돌렸다.

"남편이야."

오 박사는 손가락으로 동희의 볼기를 꼬집기까지 했다.

동희는 뭐라고 대답할 수가 없었다. 오 박사 보고 남편이라고 부르라니? 그러면 자기는 오 박사의 부인

이 아닌가? 세상에 이런 희한한 일도 있을까?

동희는 오 박사의 젖가슴에 얼굴을 파묻을 뿐이었다. 그런데 갑자기 어린애 우는 소리가 들렸다. 동희는 못 들은 척했다. 무엇으로든 방해당하고 싶지 않은 행복이었다. 그런데 울음소리는 계속됐다.

"가 봐."

마침내 오 박사가 그미를 밀어냈다. 귀찮은 태도였다. 할수없이 동희는 잠옷 채로 달려갔다. 빨리 갔다가 오 박사의 따뜻한 손이 식기 전에 돌아오고 싶었다.

식모 방에 가자 애에게 젖을 물렸다. 젖을 물리는데도 애는 그냥 울었다. 앙징스러웠다. 그미는 어린애가 울지 못하도록 젖꼭지를 물린 채 젖을 눌렀다. 젖으로 코가 눌린 애가 숨이 막혀 울음소리를 냈다.

애가 숨을 죽이고 꼼짝도 못할 때 그미는 애가 죽은 것이나 아닌가 하고 젖을 떼었다. 그러자 애는 전보다도 더 요란하게 울어댔다. 볼기를 한 대 갈겼지만 울음을 그치지 않았다. 그미는 다시 젖으로 애의 얼굴을 눌렀다. 울음소리가 멎었다. 그러기를 몇 번 거듭하다가 결국 재운 뒤 오 박사에게로 달려갔다.

그새 오 박사는 잠들어버리지나 않았을까. 왜 늦었느냐고 야단치지나 않을까. 그미의 가슴은 두근거렸다.

13

　다음날 오 박사는 바둑을 두러 친구 집에 갔다왔다. 그런데 식모가 나와 동희의 애가 죽었다고 했다.
　검둥이 시체 있는 데로 갔을 때 동희는 시체 옆에 웅크리고 앉아 있었다. 울지도 않았다. 시체를 검진했다. 아침까지도 아무 일 없던 애인만큼 병명을 찾을 길이 없었다. 그러나 오 박사는 무엇 때문에 죽었는가를 묻지 않았다. 죽은 것으로 끝이 난 것이라 생각했던 것이다.
　적당히 사망진단서를 써서 매장케 했다. 매장이 끝난 뒤 오 박사는 동희가 애를 죽인 것이라고 생각했지만 죽인 이유를 알 수 없었다. 늙었으나마 자기에게서 남자를 맛보고 갑자기 시집갈 생각이 들었기 때문이 아닐까 생각해 보았지만 오 박사 자기에게서 쫓겨날까 해서 죽였으리라고는 상상도 못했다.
　이삼 일이 지난 뒤 동희는 명랑한 얼굴로 오 박사를 대했다. 침울해 하는 것보다는 보기가 조금 나았지만 금시 명랑해질 수 있는 동희의 속을 헤아릴 수가 없었다. 그런데 시골서 곽용대가 올라왔다. 송씨네와 윤씨네가 대립되어 어떤 일이 벌어질지 모르겠다면서 오 박사더러 한 번 내려가 달라는 것이었다. 이쪽에서 싸움이 멎으면 저쪽에서 싸움이 터진다는 것이었다. 얼마밖에 남지 않은 추석을 앞두고 동네

잔치를 준비하려 했지만 그런 생각도 할 수 없는 형편이라고 했다. 오 박사가 내려가서 화해를 붙이지 않으면 그들의 대립은 해소될 길이 없다면서 간곡히 부탁했다.

"내 말이라구 들을까."

오 박사는 동네의 분쟁을 걱정하지 않을 수 없었다.

"박사님 말씀만은 안 듣겠습니꺼? 정 안 들으면 원조를 끊는다구 말씀해주이소."

곽용대가 말하는 그런 면에서 동네 사람들은 자기 말을 들을지 모른다. 그러나 오 박사는 벌어지기는 쉬워도 합치기는 쉽지가 않을걸. 하고 말했다. 형식적으로 화해를 한다고 해도 상처가 아주 아물기까지는 오랜 시간이 걸릴 것이다.

"그 놈의 검둥이 때문에 안 그렇습니꺼?"

곽용대가 한심스러운 듯 말했다.

지금 와서 그런 말을 되풀이 할 것은 아니지만 오 박사도 동감이었다. 가난 속에서 그래도 기와집을 짓고 살게 되었는데 그 검둥이 때문에 동네가 불화 속에서 불안을 안고 살아야 하다니…… 검둥이는 이미 죽어 버렸는데.

"언제쯤 내려가 주실랍니꺼."

곽용대가 확답을 들어야 하겠다는 듯이 물었다.

"글쎄 아무 때나 내려가치."

오 박사는 아무래도 자기가 가야 할 일이라고 생각했다.

"내일루라도 저와 같이 가십시더."

"그러지."

오 박사는 승낙하고야 말았다. 그런데 다음날 곽용대와 같이 시골로 내려가려 할 때 동희가 편지 한 장을 가져왔다. 미국서 마리가 보낸 편지였다. 그곳 미국 사람과 결혼하기로 결정했다는 사연과 결혼할 남자와 같이 찍은 사진이 들어 있었다.

곽용대는 편지 사연은 물어볼 생각도 않고 동희만을 보며 알은 척을 했다.

"아직 선생님 댁에 있었나베?"

그때 오 박사는 용대에게 동희에 대한 이야기를 한마디도 안 한 것에 얼굴을 붉혔다. 그러나 동희의 대답이 있기 전,

"갈 데가 있어야지."

하고 한마디로 동희 이야기를 끝내고,

"가세!"

용대를 앞세우고 집을 나왔다. 기차를 타고 P시까지 가서 거기서 택시를 타고 고향 시골로 향했다.

싸움하는 사람들을 싸우지 않고 살게 하기 위해 가는 길이지만 오 박사의 가슴속에는 전쟁이 일어난 듯 온갖 생각들이 뒤범벅이 되어 뛰쳐올랐다.

  마리, 검둥이, 동희, 며느리, 경두. 모두가 다른 제각기의 말들을 하는 것 같았다. 그 말들은 하나도 오 박사를 기쁘게 해주는 것이 아니었다. 옛날 말을 타고 다니던 길을 지금 택시로 달리고 있다. 얼마나 살기 편한 세상인가? 그렇지만 조용하기만 하던 동네는 싸움이 벌어졌다. 그리고 오 박사 가슴속은 쑤셔 논 벌집처럼 되어 있고.   (1967년)

□ 연보

1911년　3월 2일 평남 강서江西에서 기독교 목사였던 박석훈朴錫薰 씨의 차남으로 출생. 아호는 만우晩牛.

1920년　함종咸從공립보통학교 입학.

1924년　함종공립보통학교 졸업. 평양숭실중학교 입학.

1934년　평양 광성고등보통학교를 거쳐 연희전문 문과 졸업. 장편 〈일 년〉(신동아), 단편 〈모범경작생〉(조선일보), 콩트 〈새우젓〉(신동아)이 동시에 당선하여 문단에 데뷔.

1935년　독서회讀書會 사건으로 일본 경찰에게 피체되어 5개월간 구류를 당하다. 단편 〈아버지의 꿈〉〈목화씨 뿌릴 때〉〈쥐 구멍〉 발표.

1938년　만주 길림성 반석현盤石縣으로 이주, 교편생활. 장편 〈쌍영雙影〉(만선일보)을 연재. 단편 〈아름다운 길〉〈중독자中毒者〉〈의수義手〉 발표.

1945년　해방되어 만주에서 귀국. 월간 신세대新世代사에 입사. 장편 〈한류寒流의 어족魚族〉, 단편 〈과도기過渡期〉〈창공蒼空〉 발표.

1947년   단편 〈풍설風雪〉(신천지), 〈아내 돌아오다〉
          (신세대) 발표.

1948년   《경향신문》 문화부에 근무. 단편 〈강아지〉
          (서울신문), 〈배신背信〉(민성) 〈생활의 파편〉
          (백민) 발표.

1951년   육군본부 정훈감실 문관으로 복무. 종군작
          가단이 결성되자 사무국장으로 취임. 단편
          〈빨치산〉〈가을 저녁〉〈술〉 등 발표. 장편 〈열
          풍熱風〉(경향신문) 연재. 제2단편집 《풍설風
          雪》 간행.

1952년   단편 〈변노파邊老婆〉(문예) 발표.

1953년   제3단편집 《그늘진 꽃밭》 간행. 단편 〈하나
          의 독선獨善〉(문예) 발표.

1954년   〈그늘진 꽃밭〉으로 제1회 아세아자유문화상
          수상.

1955년   연희대학교 문과대학과 수도여자사범대학에
          강사로 출강, 화랑무공은성훈장 수상, 《현
          대문학》 추천작품 심사위원에 피촉.

1956년   장편 〈형관荊冠〉(동아일보) 연재. 단편 〈태양
          太陽 뒤에 숨은 사람의 대화大禍〉〈아들의 결
          혼結婚〉(현대문학) 발표.

1959년   한양대학교 부교수 취임.

1960년   장편 〈오늘의 신화神話〉(동아일보) 발표. 제4

단편집 《방관자傍觀者》 간행.

1962년   연세대학교 문과대학 교수로 취임.

1964년   장편 〈결혼학교〉(조선일보) 연재, 단편 〈죽음 앞에서〉〈아무것도 아닌 것〉(현대문학), 〈옛날만 남고〉〈백미러〉(문학춘추) 발표. 중편 〈흐느끼는 꿈〉(경향신문) 발표. 장편《오늘의 신화》간행. 제5단편집 《고호古壺》 간행.

1965년   제14회 예술원상 문학부문 수상. 장편 〈종각鐘閣〉(현대문학) 연재. 단편 〈개와 그 여인〉〈김 교수金敎授〉〈파동波動〉 발표.

1967년   서울특별시문화상 문학부문 수상. 단편 〈비평행선非平行線〉〈외짝 양말들〉〈추정〉 발표.

1968년   장편 〈가족〉(월간대학) 〈산이 운다〉(전우신문)를 연재. 제5단편집 《추정》 간행.

1970년   단편 〈현대진행미완現在進行未完〉〈이원적二元的 긍정肯定〉〈육성育成〉〈장님〉〈마음의 보도〉 발표.

1971년   단편 〈뛰는 사람〉〈마지막 만난 사람〉〈겨울 등산〉 발표.

1976년   7월 14일 65세를 일기로 별세.

모범 경작생

초판 1쇄 발행 / 1991년 7월 30일
초판 2쇄 발행 / 1994년 6월 10일
 2판 1쇄 발행 / 2004년 1월 15일
 3판 1쇄 발행 / 2016년 7월 10일

지은이 / 박 영 준
펴낸이 / 윤 형 두
펴낸데 / 범 우 사

등록번호 / 제406-2003-000048호
등록일자 / 1966년 8월 3일
주소 / 413-120 경기도 파주시 광인사길 9-13 (문발동 525-2)
전화 / 대표 031-955-6900~4, 팩스 / 031-955-6905

* 잘못된 책은 바꾸어 드립니다.   편집·교정 : 왕지현·장서영

ISBN 89-08-06103-3 04800   (인터넷) www.bumwoosa.co.kr
      89-08-06000-5 (세트)   (이메일) bumwoosa@chol.com

범우사